tredition®

www.tredition.de

AF197611

# ROBERT PETERS

\*\*\*

# ICH WAR DOCH NUR EIN SCHMIED

www.tredition.de

© 2020 Robert Peters

Verlag und Druck: tredition GmbH, Halenreie 40-44, 22359 Hamburg

ISBN
Paperback:    978-3-347-03830-1
Hardcover:    978-3-347-03831-8
e-Book:       978-3-347-03832-5

# 1 Im Irrenhaus

Gleich kommen sie wieder. Sie tragen weiße Anzüge. Und sie sind nicht nett. Vor ein paar Stunden haben sie mich an mein Bett gefesselt. Die Fesseln sehen aus wie lange Gürtel. Dabei wollte ich ihnen nur sagen, dass ich nicht noch eine Spritze will. Nicht schon wieder, die eine hat mir gereicht. Völlig. Sie haben mich nicht verstanden. Jetzt brüllt der Nachbar ein paar Betten weiter. Er kriegt bestimmt auch eine Spritze, und wahrscheinlich haben sie ihn gefesselt.

Ich weiß nicht, wie ich hierher gekommen bin. Gestern haben sie sich über mich unterhalten, weil sie denken, dass ich sie nicht hören kann, wenn ich die Augen geschlossen halte.

Sie haben gesagt, ich sei in die Niers gegangen, mitten am Tag, mit Hut und Anzug, im März. Meine Schwester Else habe mich zurück ans Ufer gezogen, haben sie gesagt. Als ich auf den Krankenwagen warten musste, soll ich versucht haben, mir in der Küche die Pulsadern aufzuschneiden - mit einem Brotmesser. Sie glauben, dass ich verrückt bin, das sagen sie ganz laut. Ich glaube ihnen nichts. Das mit dem Messer nicht, obwohl sie meine Handgelenke verbunden haben. Das ist sicher wegen der Fesseln. Vor allem aber das mit Else glaube ich nicht. Sie ist vor zwei Monaten an der Brust operiert worden. Niemals hätte sie mich aus der Niers ziehen können. Ich wiege 90 Kilo, obwohl ich hier seit Tagen nichts Vernünftiges mehr zu essen bekomme. Und ich bin ein großer Mann. Ich kann mich jedenfalls an nichts erinnern. Das müsste ich doch können.

Vorgestern war mein Sohn da. Vielleicht war es auch vor einer Woche oder vor ein paar Stunden. Ich weiß das nicht mehr so genau, die Stunden sind so gleich, dass sie Tage sein könnten, es gibt nichts, was die Tage voneinander unterscheidet, die vielleicht sogar Wochen sind, und ich schlafe immer wieder ein. Ich habe ihm erzählt, dass sie uns in die Badewanne prügeln. Das hat er mir nicht geglaubt. Ich konnte es ihm ansehen, dass er es mir nicht glaubt, obwohl er kein Wort gesagt hat. Ich hätte es vorher auch nicht geglaubt, vor ein paar Wochen, vor ein paar Tagen, vorher eben, bevor ich in dieses besondere Krankenhaus gekommen bin. Irrenhaus nennen wir es, und das ist es auch.

Es liegt an der Bahnstrecke nach Kleve. Früher kannte ich es nur vom Vorbeifahren, wenn ich im Zug zur Margarine-Fabrik saß. Hinter den Schranken am Bahnhof von Bedburg-Hau standen immer ein paar Irre, die mit tiefer Stimme seltsame Dinge riefen und Grimassen schnitten. Ich fand sie immer unheimlich. Jetzt gehöre ich selbst zu ihnen. Ich schäme mich.

Mein Sohn schaute traurig auf meine Fesseln, die hellbraunen Bänder mit den Doppellöchern und den Metallösen, die Schnallen, auf mein Bett mit den Gittern an beiden Seiten, zum großen Fenster und ganz weit weg von diesem düsteren Ort, der aussieht wie eine Irrenfabrik mit all seinem Backstein und den hohen Räumen. In den Räumen hallt es manchmal von den Schreien. Das Echo klatscht von den Wänden auf die Fliesen, an die Fenster mit den Gittern und den Streben aus Metall. Ich hätte ihm gern gesagt, dass er gehen soll. Er soll mich so nicht sehen. Aber ich habe es nicht übers Herz gebracht. Oft brauchen die Wörter auch vom Kopf bis zur Zunge zu lange, sie vertrocknen irgendwo unterwegs. Das war schon immer so bei mir. Mein Kopf hat häufig zu lange überlegt und die Wörter gewendet, bis sie sich verloren hatten. Heute verlieren sie sich nur noch schneller. Meistens fühlt sich alles wie Brei an.

Mein Sohn ist der Einzige, der mich besucht. Er hält es für seine Pflicht, das weiß ich. Und er schaut immer sehr traurig, manchmal auch ungeduldig, ein bisschen abwesend. Ich beobachte ihn, wenn ich nicht gerade dabei bin, einzudämmern. Auf seine Uhr schaut er nicht. Nein, das nicht. So viel Anstand hat er. Wahrscheinlich habe ich ihm das beigebracht. Ganz sicher habe ich ihm Anstand beigebracht.

Er spricht nicht viel. Da ist er wie ich. Wir haben ein Leben lang nicht viel geredet miteinander, sein Leben lang. Warum sollten wir jetzt damit anfangen? Vor seinem Leben habe ich mit anderen wenig gesprochen. Niemand kannte mich als großen Redner. Das wird so bleiben. Auf mich ist Verlass, zumindest in dieser Hinsicht. Vielleicht auch in anderer. Ich wünsche es mir.

Ich würde am liebsten die Augen für immer zumachen, nicht mehr aufwachen nach der Spritze, einfach einschlafen, versinken in einer schwarzen, traumlosen, ewigen Nacht ohne die Schreie, ohne das Echo, ohne die weißen Männer, ohne diesen Backsteinbau. Ich kann es nicht mehr sehen, ich kann es nicht mehr hören, ich will nicht mehr.

Aber so leicht ist das nicht.

Wenn ich die Augen schließe, dann besuchen mich die Dämonen. Sie malen Bilder in meinen Schädel. Kanonen donnern, Granaten explodieren, es pfeift, bis die Ohren schmerzen. Leichenteile fliegen durch die Luft, Klumpen aus Fleisch, Klumpen aus Erde und Steinen und Metall, an Stricken baumeln zuckende Körper. Es stinkt grauenhaft, faul, nach schwärenden Wunden, nach Schweiß, nach ungewaschener Furcht. Ich sehe schlimme Gesichter, gezeichnet aus Hass und Verzweiflung. Kolonnen marschieren vor meinen Augen in den Tod, sie kippen in ein Massengrab, eine unendliche Reihe, im Gleichschritt, ohne Unterlass. Es ist ein sehr disziplinierter Tod, fast wie in einer Fabrik, und ich habe daran mitgewirkt. Das weiß ich, und meine Nächte, meine Träume lassen es mich nicht vergessen.

Weiße Fratzen starren mich an, Gespenster aus einem Bilderbuch des Bösen. Selbst die Bilder meiner Angst habe ich nur geliehen, wahrscheinlich im Fernsehen, vielleicht im Kino, wo ich so lange nicht war, ich weiß es nicht. In Wirklichkeit habe ich diese Bilder nie gesehen. Ein klapperdürrer Mann, fast ein Skelett mit grauer Haut und durchscheinenden Gelenken, zeigt mit dem Finger auf mich. „Du hast auch nichts getan", sagt er. Und es hallt in meinem Kopf. Ich schlage um mich, aber ich werde sie nicht los. Ich werde sie einfach nicht los. Fast 60 Jahre geht das schon so.

## 2 Wenn ich sterben muss

Ich habe oft geglaubt, dass es nun zu Ende geht, wenn es flimmerte vor den Augen, wenn das Herz so schlug und es in den Ohren derart rauschte, dass ich sie am liebsten abgerissen hätte in meiner verzweifelten Wut auf alles, in meinem zornigen Selbstmitleid, denn das ist es ja wohl. Ich habe das dann auch gesagt, dass es so weit ist. „Lene", habe ich zu meiner Frau gesagt, „Lene, ich muss sterben." Ich meinte das sehr ernst.

Danach habe ich mich hingelegt. Meistens aufs Sofa im Wohnzimmer, das in einer Ecke an der Wand steht, ein Stück weit weg vom Tisch, im Raum neben der Küche, in der bei uns das Leben ist, weil sie im Winter vom Herd beheizt ist. Das Wohnzimmer hat keinen Ofen. Das ist auch nicht nötig. Wenn wir die Tür zur Küche aufschieben, kommt genug Wärme hinein. Die Zimmer sind ja nicht so groß.

Die Küche ist unser Lebensraum. Hier essen wir, hier sitzt Lene auf einem Stuhl im Durchgang zum Wohnzimmer und wenn sie auf Kundschaft im Laden wartet. Ich stehe nur in der Küche, weil ich nicht mehr sitzen kann, und morgens kämme ich mich vor dem Spiegel in einem unserer Schränke. In der Schublade bewahre ich meine Bürste auf, die von dem vielen Brisk, das meinen Haaren Halt gibt, schon ein bisschen fettig ist. Die Enkel ziehen immer ein Gesicht, wenn ich die Bürste aus der Schublade hole. Aber sie sagen nichts. Auch für sie ist die Küche das eigentliche Wohnzimmer.

Außer am Sonntag oder wenn hoher Besuch kommt. Wer dann im richtigen Wohnzimmer am Tisch sitzt, der kehrt mir auf meinem Sofa den Rücken zu und lebt damit in einer höheren Welt, auf die ich von unten heraufsehen könnte, wenn ich wollte. Mir ist es recht, aber ich sehe nicht zu ihnen hoch. Ich schaue an die Decke und schließe mich ein mit meinen Gedanken ans Sterben, von denen die anderen doch nichts verstehen.

Manchmal bin ich auch die Treppe rauf ins Schlafzimmer gegangen, wenn ich meine Ruhe haben wollte beim Sterben, wenn zu viel Besuch da war oder wenn ich mich so richtig grimmig fühlte, dass ich niemand sehen wollte. Und manchmal bin ich auf der Treppe ausgerutscht, weil die so steil ist, die Stufen so schmal sind und weil ich kein Gefühl in den Füßen habe. Ich habe große Füße, oft gehören sie nicht zu mir, und ich staune, dass sie trotzdem gehen oder plötzlich anhalten. Wer macht das nur? Häufig bin ich von der Treppe mit ziemlichem Gepolter in die Diele gefallen, wenn meine Füße die Entscheidung mal wieder übernommen hatten. Da haben Lene und die Verwandten erschrocken geschaut. Immerhin. Mir ist nie etwas passiert. Meine Knochen sind schwer und dick und hart. Fallen kann ich wohl.

Dass ich sterben würde, haben die Verwandten nicht geglaubt. Und Lene hat es auch nicht geglaubt, nie. Das konnte und kann ich ihr immer von den Augen ablesen. Sie glaubt, ich will mich interessant machen, wenn ich vom Sterben rede, weil die anderen nichts mehr mit mir anfangen können, wenn ich so herumliege. Sie seufzt dann tief und traurig und macht einfach weiter mit dem, was sie gerade tut. Meistens steht sie dabei am Herd. Je häufiger ich es sage, desto tiefer seufzt sie. Dabei bin ich fest vom Ende überzeugt. Jedesmal.

Vielleicht, weil ich es mir so wünsche.

Die Kinder und Enkel machen hinter meinem Rücken Witze über mich, weil ich mich dem Tod anständig im Liegen präsentiere und weil ich oft um ein Butterbrot bitte, bevor ich mich zum Sterben hinlege. Es kann ja eine längere Geschichte werden. Ich weiß das, ich habe Menschen sterben sehen, viele Menschen. Die meisten starben nicht im Bett. Das zumindest möchte ich ihnen vorushaben, und es scheint ja zu gelingen in diesem Backsteinhaus, in das sie mich nun gelegt haben und in dem ich auf den Tod warte. Etwas anderes kann ich nicht mehr.

Meine Kinder und meine Enkel glauben, ich höre das nicht, wenn sie Witze machen. Früher wäre ich wütend geworden, jetzt bin ich müde, ich lasse sie reden. Mein Butterbrot bekomme ich natürlich. Ich esse es nur, wenn Lene nicht hinschaut. Sie soll nicht denken, dass ich Appetit habe beim Sterben. Und doch habe ich Appetit, es schmeckt mir, das finde ich selbst komisch. Sie schneidet mir das Butterbrot in mundgerechte Stücke, so wie morgens beim Frühstück, das ich im Stehen einnehme - ein Stückchen Brot, ein Schluck Kaffee, ein Stückchen Brot, ein Schluck Tee, immer in dieser Reihenfolge. Lene stellt mir das Frühstück auf den Küchentisch, Brot, Kaffee und Tee in einer Reihe hintereinander. Sehr ordentlich. Früher hätte es mich gerührt. Wenn ich ehrlich bin, rührt es mich noch heute. Ich sage nichts, natürlich nicht. Das würde nicht zu mir passen. Und ich weiß ganz genau, was zu mir passt. Selbst hier weiß ich das noch.

Nur Röbke macht keine Witze. Er ist mein drittjüngster und drittältester Enkel, ganz wie man will, der älteste von drei Jungs meines Sohnes. Er sitzt manchmal eine halbe Stunde an meinem Bett, vor allem sonntags, wenn unten im Wohnzimmer die Verwandtschaft zusammengekommen ist. Wir sprechen nicht, und selbst wenn ich die Augen schließe, bleiben die Dämonen stumm. Sie flüstern nicht einmal. Das sind meine guten Zeiten.

Röbke und ich essen Eukalyptushütchen. Die findet er genauso gut wie ich. Schon als kleiner Junge mochte er Eukalyptushütchen. Es kann sein, dass ich ihn auf den Geschmack gebracht habe, vielleicht mag er sie, um mir einen Gefallen zu tun. Er ist ein netter Junge.

Eukalyptushütchen machen mir das Atmen leichter, sie sind besser als diese Nasensprays. Lene sagt, ich soll nicht eine ganze Flasche an einem Tag in die Nase sprühen. Ich sage: „Das Zeug hilft sowieso nicht. Das kann man daran sehen, dass nicht einmal eine Flasche hilft." Lene sagt: „Wenn du zu viel nimmst, bewirkt es das Gegenteil." Das ist doch Unsinn, wenn ich drei Liter Wasser trinke, bekomme ich doch auch keinen Durst.

Auf meinem Nachttisch steht immer eine Tüte Eukalyptushütchen. Dafür sorgt Lene.

Sie tut mir oft leid, aber auch das kann ich ihr nicht sagen. Vielleicht weiß sie es.

## 3 Holländer und Pommes

Wir haben nie viel miteinander geredet. Ich fand immer, dass ohnehin schon genug geredet wurde. In unserer Familie übernahmen das vor allem meine Schwestern, Else und Maria. Else redet noch heute viel. Das weiß ich, weil sie bei uns wohnt. Ich bin froh, dass es meine Ohren nicht mehr so richtig tun, dann kann ich Else ausblenden, ihr Geplapper ist dann nur ein Geräusch, ein Geräusch, wie es die Blätter einer Pappel im Wind machen. Es liegt knapp unter dem Zischen, das zwischen meinen Ohren durch meinen Kopf geht. Mal lauter, mal leiser, aber ohne Gestalt. Kann sein, dass sie mich manchmal etwas fragt, aber dann tu ich so, als ob ich nichts gehört hätte. Das ist leicht, und alle glauben mir, dass ich tatsächlich nichts höre.

Bei Maria weiß ich nicht so genau, ob sie noch so viel redet wie früher. Sie wohnt in Holland in einem Altenheim. Ich glaube, sie ist sehr reich. Ihr Mann hatte eine Fabrik, und er ist schon lange tot. Ich konnte nie viel mit ihm anfangen.

Er war ein großer Kerl mit einem fleischigen Gesicht, aus dem die Backen richtig heraushingen. Die Backen waren immer rot, von weißen Linien durchzogen, die ein Muster auf die Haut malten. Seine Augen waren viel zu klein für das große Gesicht, fast farblos und ohne Leben schauten sie an der dicken Nase lang. Er sprach immer laut, und wenn er sprach, flogen Bläschen aus Spucke aus dem Mund. Männern schlug er gern auf die Schulter. Das konnte ich nicht leiden. Aber ich sagte es nicht. Er sprach viel über Geld und Geschäfte, und er schaute sich immer mitleidig bei uns um in der kleinen Küche oder im kleinen Wohnzimmer. Für seinen Geschmack waren wir wohl arme Leute. Wir sahen uns zum Glück nicht oft.

Ich habe vergessen, wie Maria, die so ganz anders aussieht als ihr Mann, an ihn gekommen ist. Sie ist nicht mal 1,60 Meter groß und war früher ganz schmal. Heute ist sie in der Mitte ordentlich auseinandergegangen. Sie sieht ein bisschen quadratisch aus, und weil sie beim Gehen watschelt, hat sie was von einem laufenden Karton. Das sage ich ihr natürlich nicht.

Ihre Augen gucken immer angriffslustig, frech. Und sie war nie um eine Antwort verlegen. Wahrscheinlich hat sie den großen holländischen Kerl irgendwann zwischen diesen beiden Kriegen getroffen, als auch an der Grenze alles so normal schien, als niemand von Feinden sprach, und als das Umbringen Pause hatte. Holländer waren ganz einfach unsere Nachbarn, wie jetzt wieder seit 25, 30 Jahren. Und wer nicht hier aufgewachsen ist, der glaubt, wir sprechen wie sie. Dabei hört es sich nur so an.

Für meine Enkel ist die Nachbarschaft zu den Holländern Alltag, sie kennen es nicht anders. Vom Krieg hat man ihnen erzählt, sie wissen aber nichts darüber. Sie haben Verwandte in Holland, und sie fragen nicht, warum ihre holländischen Onkel so gut deutsch sprechen und warum sie immer so kleinlaut werden, wenn die Sprache doch mal auf den Krieg kommt oder darauf, dass es in Holland auch Nazis gegeben haben muss. Kollaborateure nennt man die, das Wort kann ich nicht aussprechen. Bei mir kommt immer so etwas wie „Kobollaboteure" heraus. Aber ich weiß, was es bedeutet. Meine Enkel interessiert es nicht. Die holländischen Onkel sind froh darüber, dass es sie nicht interessiert, und dass ihre Neffen keine Fragen stellen. Manchmal würde ich doch gern hören, wie sie sich herausreden und sich winden und schwitzen und ratlos vom Stuhl aufstehen und hin- und herlaufen. Die Enkel geben mir keine Gelegenheit. Schade. Zu viele kommen heute billig davon. Das ärgert mich.

Einer der Onkel ist Deutschlehrer, er wird bald pensioniert. Ich gebe zu, dass er sehr ordentlich deutsch spricht, vielleicht sogar besser als wir mit unserem Dialekt, den sie den Kindern in der

Schule abgewöhnen. Und er kommt immer wie ein Herr daher in seinem Anzug und mit seinem Einstecktuch - auch an Wochentagen. Vor dem Krieg hat er geholfen, die Nazipartei in Holland aufzubauen. Man musste auf der Hut sein, wenn man was sagte in seiner Gegenwart. Er hatte beste Verbindungen. Davon ahnen die Enkel nichts, sie könnten es sich bestimmt nicht vorstellen. Denn mit ihnen ist er ausgesucht freundlich. Und wenn er nach der Schul-Lektüre fragt, dann stellt sich schnell heraus, wie gut er sich auskennt. Seine Lieblingsschriftsteller sind Fontane und Goethe. Ich habe nie viel gelesen außer der Zeitung. Dafür war keine Zeit.

Die Enkel fahren mit dem Fahrrad über die Grenze, kaufen Spargel, Erdbeeren, Lakritz und Tee. Vielleicht auch Zigaretten oder Tabak, aber das dürfen wir nicht wissen, weil wir einen eigenen Zigarrenladen haben und weil mindestens drei der Enkel noch viel zu klein sind zum Rauchen. Es kann sein, dass sie es trotzdem schon versucht haben. Ich frage nicht danach. Sicher haben sie es schon versucht.

Manchmal bringen sie uns Tee mit, weil der so viel billiger ist als bei uns. Den Tee müssen sie verzollen an der kleinen Grenzstation mit der LKW-Rampe in Siebengewald schräg gegenüber dem Internat Gaesdonck, und mein Schwiegersohn sorgt dafür, dass wir die Zollgebühren bezahlen. Er rechnet immer sehr genau nach, und er weiß, wie der Gulden zur Mark steht. So sind Geschäftsleute wohl, in seinem Kino rechnet er bestimmt auch immer genau ab, sicher nicht zu seinen Ungunsten.

Er hat da einen kleinen Raum, in dem Süßigkeiten und Coca-Cola stehen, die vor und während der Vorstellung verkauft werden. Der Raum riecht immer nach Pfefferminz, das in Rollen angeboten wird. Wenn seine Söhne eine Cola holen, müssen sie das in einer Liste vermerken. Er zieht das Geld vom Taschengeld ab. Das findet er wichtig. „Erziehung", sagt er. Ich wäre nicht auf die Idee gekommen, aber ich bin auch kein Geschäftsmann, obwohl wir ein Zigarrengeschäft haben. Darum kümmert sich Lene, die rechnet jedoch auch nicht genau nach. Darüber schimpft mein Sohn immer, wenn er die Steuererklärung macht. Und Cola haben wir nicht. Nur ein paar Flaschen Bluna für die Enkel, die am Wochenende oft bei uns übernachten. Die Bluna kauft Lene bei einem Nachbarn am Blumenplatz. Der hat im Eingang seines Hauses eine kleine Theke eingebaut, die er mit einem Handgriff hochziehen und festmachen kann. Er verkauft nicht nur Bluna, sondern auch Bier und bestimmt auch Cola. Sein kleiner Laden ist meistens erst am Abend geöffnet, wenn die anderen Läden geschlossen haben. Man kann noch spät kommen und schellen. Das ist sehr praktisch.

Die Bluna für die Kinder steht dann bei uns im Keller, in Lenes Vorratskammer. Man könnte noch einen Krieg überstehen mit den Lebensmitteln, die sie hier aufbewahrt. Die Dosen mit Tomaten und Suppen stehen in Regalen unter der Treppe und am Rand der Treppe. Im alten Doppelstockbett, in dem die Kinder im zweiten Krieg beim Luftalarm weiterschlafen konnten, stehen die Gläser mit eingemachtem Obst hochgestapelt. Wenn einem in der Verwandtschaft am Wochenende irgendein Lebensmittel fehlt, dann kommt er zu uns. Lene kann fast immer helfen. Ich war schon lange nicht mehr da unten, die Treppe ist für meine Füße viel zu schmal.

Auf der holländischen Seite der Grenze steht ein Pommeswagen aus Holz, dort halten die Enkel oft, bevor sie wieder nach Goch zurückfahren. Pommes frites sollen in Holland besser sein, sie heißen dort Patat. Ich esse sie nicht mal hier, deshalb verstehe ich nichts davon. Die Enkel sind ganz verrückt danach. Meine Schwester Else ebenfalls. Sie geht oft am Sonntagabend in die Kuhstraße, da gibt es auch so eine Bude. Meistens nimmt sie ein paar meiner Enkel, ihrer Großneffen mit. Denen spendiert sie eine Tüte zu 50 Pfennig mit Mayonnaise. Die Tüte steckt in einer zweiten Tüte, damit man sich nicht die Finger verbrennt. Die Mayonnaise kommt aus einem großen beigefarbigen Topf, der auf der Theke steht. Vorher wird die Mayonnaise aus einem Plastikeimer eingefüllt. Der Spender ist ein schwarzer Plastikstift, an dem gezogen und gedrückt wird. Ich habe das nur von weitem gesehen, deswegen verstehe ich auch das nicht. Die Pommes frites essen Else und die Enkel mit einer kleinen Gabel aus Holz. Sie gucken dann immer ganz verzückt. Für so etwas bin ich zu alt.

# 4 Kartoffeln, Milchreis und ein altes Kind

Ich esse am liebsten richtige Kartoffeln, mit einer dicken Soße, die kleine Fettaugen trägt, und Hefekuchen mag ich, wie Lene sie macht mit Rosinen drin frisch aus der Pfanne. Von den Rosinen kommt ein süßer Geschmack, die Kruste ist vom Backen ein bisschen herb, der Teig innen weich. Da können diese Pommes frites nicht mit, selbst wenn sie Patat heißen und ich sie nicht probieren will.

Else ist auch nicht jung, aber von Pommes frites ist sie begeistert wie ein Kind. Das liegt sicher daran, dass sie in vielen Dingen immer ein Kind geblieben ist, ein, das muss man wohl sagen, ziemlich dickes Kind mit ausdauernd guter Laune, roten Backen und einer Frisur, die sich nie geändert hat. Die Frisur steckt unter einem Haarnetz fest. Manchmal bleibt sie mit dem Haarnetz an einer Schranktür hängen, und dann gibt es ein großes Geschrei. Meistens geht das Haarnetz dabei kaputt. Else isst eigentlich alles gern, am liebsten warmen Milchreis mit Zucker und Zimt oder Pflaumen. Im Topf backt der Reis immer leicht an, den Bodensatz findet Else am besten. Sie kratzt ihn mit einem Löffel aus und sagt dabei: „Das ist wie im Himmel." Sie hat sehr konkrete Vorstellungen vom Himmel.

Damit sie nicht zu viel kleckert, klippt sie eine Papierserviette mit zwei Klemmen an eine Kette, die sie sich um den Hals hängt. Weil sie sparsam ist, verwendet Else die Papierservietten mehrmals. Sie bewahrt die Tücher in einer kleinen Tasche auf, die sie sich gehäkelt hat. Das Täschchen stopft sie in eine Spalte des Sofas in der Küche gleich neben ihren Platz vor der Spüle. Manchmal finden die Enkel das Täschchen unter einem der Kissen auf der Couch, wo normalerweise die Kataloge von Quelle und Neckermann liegen, die sie so gern durchblättern. Sie gucken dann nicht so verzückt wie an der Pommesbude. Elses Leidenschaft für

Milchreis teilen sie ebenfalls nicht. Lene macht ihnen immer etwas anderes. Darum muss nie jemand bitten. Sie weiß es einfach. Lene weiß viel.

Sie sind immer noch nicht gekommen. Der Nachbar brüllt nicht mehr, er jammert nur noch leise. Vielleicht kenne ich ihn, aber ich kann ihn nicht sehen. Die Fesseln, diese langen Gürtel, sitzen zu fest. Ich versuche nicht mehr, gegen sie zu kämpfen wie anfangs, als sie mich hier hingelegt haben. Wenn man sich gegen die Fesseln wehrt, schneiden sie zu tief ins Fleisch, und bewegen kann ich sie doch nicht. Früher hätten sie mich nicht fesseln können, da bin ich mir sicher. Da hätten schon fünf von der Sorte kommen müssen mit den weißen Anzügen und den gleichgültigen Gesichtern, denen nichts schnell genug geht.

Es ist schlimm, wie die Kraft aus dem Körper weicht. Am Anfang so langsam, dass ich es überhaupt nicht gemerkt habe, es wurde von Jahr zu Jahr nur ein bisschen weniger mit mir. Jetzt verlässt mich die Kraft von Stunde zu Stunde. Hände und Füße sind taub, ich bin müde, todmüde, ja todmüde, nicht mal den Kopf kann ich richtig heben. Vielleicht machen das auch die Spritzen. Zu Hause hatte ich das nicht. Ich kann mich jedenfalls nicht erinnern. Auch das ist schlimm. Ich weiß gar nicht mehr, ob ich mich erinnere oder ob ich schon die Erinnerung selbst bin. Vielleicht haben sie doch recht, und ich bin verrückt. Aber auch das hilft ja nicht weiter, mir hilft es nicht weiter. Ihnen wahrscheinlich schon.

# 5 Lenes Weltreise

In der Schmiede habe ich manchmal zum Spaß den Amboss mit einer Hand gestemmt. Und wenn die Gesellen andächtig staunten, habe ich nur gelacht. Das waren gute Zeiten, meine besten Zeiten.

Wir sind früh aufgestanden, meistens war es nicht mal hell, zum Frühstück hat Lene mir damals eine ganze Pfanne Bratkartoffeln mit Speck gemacht. Da musste sie noch keine Häppchen aus Brot machen wie heute. Ich hatte damals immer großen Appetit, und ich habe bei den Bratkartoffeln wahrscheinlich genauso verzückt geschaut wie die Enkel, wenn sie Pommes frites essen. Während ich aß, hat Lene in der Schmiede die Esse angefacht. Weil sie so klein ist, hat sie sich an den Blasebalg gehängt und ist auf- und abgeschaukelt wie die Messdiener im Glockenturm der alten Kirche. Ich war stolz. Sie hat das bestimmt gemerkt. Vielleicht hätte ich es ihr sagen können. Jetzt ist es dafür zu spät. Mir hört niemand mehr zu in dieser langen Nacht, die vom Fenster in meinen Kopf kriecht und alles dunkel macht, sogar das Denken. Dabei war ich immer stolz, dass ich so gut denken konnte. Da machte mir niemand etwas vor.

Lene ist aus Hüthum - früher war das eine richtige kleine Weltreise weit weg von unserem Haus. Zwischen Hüthum und dem Rest der Welt im Süden des Niederrheins liegt nämlich der Rhein. Und der Weg über den Rhein führte über die Fähre, nur über die Fähre. Lene lebte in Hüthum vor dem Zeitalter der großen Brücken, die heute alles so viel schneller machen und den Niederrhein so viel kleiner. Sie hat diese Weltreise nur einmal gemacht. Ihre Familie hatte ihr eine Anstellung als Köchin beim Schuhfabrikanten Sternefeld in Goch verschafft. Da fuhr sie dann hin. Zurück fuhr sie nie mehr. So war das damals.

Die Fabrik war direkt in meiner Nachbarschaft, den Klebstoff und das Leder konnte man bis zu uns riechen, und das große, weiße Haus der Sternefelds stand uns schräg gegenüber, es war eine richtige Villa. Wenn ich aus der Schmiede auf die Straße ging, konnte ich Lene manchmal in der Küche sehen. Die Fenster waren oft offen oder die Gardinen zurückgezogen. Sie hatte ihre langen schwarzen Haare geflochten und zum Dutt gebunden, diese Frisur trägt sie noch heute, und ihre Haare sind immer noch sehr lang und nur ein kleines bisschen grau. Wann habe ich zum letzten Mal richtig hingeschaut?

Damals schaute ich hin, und wenn ich lange genug stehen blieb, dann lächelte sie herüber. Ich bin dann immer wieder schnell in die Schmiede gegangen. Mein Vater guckte streng. „Hast du wieder Löcher in die Luft geguckt?", fragte er. Ich sagte lieber nichts.

Ich war doch nur ein Schmied.

## 6 Der Geruch der Pferde

Ich beschlug die Pferde der Bauern und das Pferd vom Milchmann, später auch mal die Pferde von Soldaten. Das weiß ich nicht mehr so genau. Ich habe es den Enkeln zwar immer erzählt, bin mir aber nicht so sicher. Die Erinnerung ist ein komisches Ding, sie täuscht einen wie ein Traum. Vielleicht setzt sie sich aus Träumen zusammen, und wir denken dann, das haben wir alles erlebt. Manchmal wäre ich froh darum, wenn es nur Träume gewesen wären.

Den Geruch aber habe ich in der Nase, den Geruch der Schmiede, Rauch aus Metall und Kohlen, den Heugeruch der Pferde. Und ich höre das Schnauben der Pferde, das Zischen des Wassers, wenn ein heißes Eisen eingetaucht wird.

Ich mochte die Pferde bei uns auf dem Land, es waren große, geduldige Tiere mit starken Hufen und kräftigen Beinen, braun waren sie und blond, mit langen Mähnen.

Wenn man sie richtig anpackte, hatten sie keine Angst, obwohl es doch so furchtsame Tiere sind. Der Tierarzt erklärte mir, dass sie uns siebenmal größer sehen, als wir wirklich sind. Das konnte ich mir nicht vorstellen, ich kann es mir auch heute nicht vorstellen. Mein Vater sagte, ich soll trotzdem aufpassen, wenn sie anfangen, wild um sich zu blicken, dann werde es gefährlich. Mir haben sie nie etwas getan, und bei mir haben sie nie mit den Augen gerollt. Sie mochten mich wohl auch. Mit Tieren muss man nicht reden, damit sie einen verstehen.

Heute gehe ich mit meinen Enkeln durch die Wiesen, und wenn ein Pferd auf der Weide steht, locke ich es. Ich habe immer ein Stückchen Zucker dabei. Die Pferde würden auch ohne Zucker kommen. Meinen Enkeln zeige ich, wie man ihnen die Hand hinhält, damit sie mit ihren großen Lippen und ihrer Zunge daran herumtasten. „Sie mögen das Salz auf der Haut", erkläre ich dann. Die Enkel schauen andächtig und trauen sich, die Hand hinzuhalten. Sie lachen, weil es kitzelt, wenn die Pferde die Hand nehmen. Und sie merken, wie fein so ein Pferd fühlt. Ich reise in der Zeit 70 Jahre zurück.

Dem Milchmann ist mal eines durchgegangen, er hatte es wieder geschlagen. Bevor es durchging, guckte das rechte Auge des Pferds nach hinten und das linke nach oben. Das Bild habe ich noch vor mir, es sah unheimlich aus. Ich stand an der Straße vor unserem Haus und konnte erst nur zuschauen, so schnell flog das Pferd mit dem Karren davon. Der Milchmann fiel vom Bock, am Voßtor kam das Pferd aus dem Gleichgewicht, der Wagen kippte hin und her, fiel aber nicht auf eine Seite, das Pferd rutschte aus und lag am Boden. Mein Vater und die Gesellen liefen aus der Schmiede, ich rannte schon vor. Gemeinsam stellten wir das Pferd wieder auf und halfen dem Milchmann. Das Pferd schaute mich bang an, es hatte eine Schürfwunde am linken Bein, auf der Straße lag ein Stück Fell, sonst war es heil. Ich klopfte ihm auf den Hals, das große Herz schlug mächtig. Der Milchmann, der beim Sturz unverletzt geblieben war, guckte sein Pferd böse an. „Wehe, du schlägst es wieder", sagte mein Vater. Er atmete ein und wurde noch ein Stück größer. Der Milchmann schaute zu Boden. Damals machten die Männer, was mein Vater wollte. Hab ich ihn bewundert? Manchmal. Meistens habe ich ihn gefürchtet. Da war ich wie alle anderen. Mein Vater war eine Autorität.

# 7 *Mentholzigaretten und Politik*

Ich schmiedete mal ein Gitter und ein Tor. Und wenn ich viel Glück hatte, wollte jemand eine besondere Verzierung, eine Rose, Girlanden. Die kleinen Sachen habe ich immer am liebsten gemacht. Und am schönsten waren die beweglichen Teile. Später, viel später habe ich kleine Flugzeuge angefertigt, mit Propellern, die sich drehen, und kleinen Rädern. Heute stehen noch zwei Flugzeugmodelle auf einem Schrank im Wohnzimmer neben der großen Uhr, und die Enkelkinder drehen an den Propellern, wenn sie sich beim Sonntagskaffee langweilen, während die Erwachsenen Mentholzigaretten rauchen und über Politik reden und alles besser wissen. Richtig spielen können die Kinder mit den Flugzeugen nicht, weil die fest in einen Sockel aus lackiertem Holz geschraubt sind. Ich würde auch nicht erlauben, damit zu spielen. Anfassen dürfen sie ja, anfassen schon und an den Propellern drehen. Und es wäre mir natürlich recht, wenn sie bewundernd schauen und etwas fragen würden. Aber sie gucken nur die Flugzeuge an und drehen an den Propellern.

Die Mentholzigaretten stehen in Metallbechern mit einem gewölbten Deckel. Wenn man den Deckel abnimmt, fallen sie wie ein Strauß Salzstangen auseinander. Mentholzigaretten sind der letzte Schrei, sie schmecken wohl gesünder, ich stelle mir vor, sie schmecken wie geräucherte Zahnpasta. So riechen sie jedenfalls. Selbst meine Tochter raucht sonntags mit, obwohl sie sonst die ganze Woche keine Zigarette anfasst. Ich rauche nicht. Früher habe ich es mal mit Zigarren versucht, weil das ältere Männer so machen. Aber das sagte mir nichts. Eine Reklamefigur für unseren Zigarrenladen bin ich bestimmt nicht.

Lene verkauft die Zigarren zu zehn, fünfzehn oder zwanzig Pfennig, die packt sie in kleine Tütchen mit Fächern drin. Ich glaube, vier passen rein oder fünf. Sie verkauft die Zigaretten von

Collie, HB, Ernte 23, Reval, Overstolz, Eckstein und Roth-Händle, manchmal auch Kautabak in Stangen für die Maurer oder Schnupftabak in kleinen runden Metalldosen. Die Zigaretten-Marken erkenne ich an den Farben, Collie ist rot, Roth-Händle dunkelrot, Reval gelb. Jeder kennt die Farben, auch die Nichtraucher. Von denen gibt es aber nicht so viele.

An der Wand im Laden hängt ein großes Metallschild von Senoussi, ein Scheich mit einem weißen Gewand und einem Stirnband aus zwei Lederriemen, das sein Kopftuch hält, schaut zufrieden in die Welt. Im rechten Arm trägt er eine Flinte, die linke Hand ist zu einer Einladung ausgebreitet. Das weiße Gewand hat ein paar schmale rote Längsstreifen wie die Gewänder des Knabenchors in der Liebfrauen-Kirche, in dem mein Enkel Röbke gesungen hat. Aber der Senoussi-Mann singt sicher nicht.

Die Zigaretten stecken inzwischen in Schachteln zu elf oder zwölf Stück, Viererpackungen oder einzelne Zigaretten wie früher gibt es nicht mehr. Die Schachteln kosten eine Mark. Manche kaufen Tabak von Batavia oder Schwarzer Krauser und drehen sich die Zigaretten selbst. Es gibt auch Pfeifentabak. Aber davon verkauft Lene wenig. Und beim Sonntagskaffee raucht niemand Pfeife. Das ist etwas für Erdkundelehrer, und die haben wir zum Glück nicht in der Familie.

Ich würde den Enkeln gern erklären, was das für eine Arbeit ist, solche kleinen Sachen zu machen wie die Propeller an den Flugzeugen, aber ich glaube, sie wollen das gar nicht hören. Vielleicht, weil sie sich das nicht vorstellen können, so kleine Dinge mit so dicken Fingern zu machen, wie ich sie habe, und mir deshalb nicht glauben, oder weil die Flugzeuge ein bisschen nach Krieg aussehen, und Geschichten vom Krieg mögen sie so wenig wie ich. Manche ihrer Lehrer langweilen sie schon in der Schule damit. Sie geben an mit ihren Erlebnissen aus den Schützengräben und der Gefangenschaft. Wenn die Kinder nicht zuhören, werfen die Lehrer mit Schlüsselbunden oder sie hauen den Kindern mit einem Lineal auf die Finger. Das halte ich für übertrieben. Zuhören sollen Kinder in der Schule, aber Schläge helfen nicht beim Lernen und Geschichten vom Krieg schon gar nicht.

Ich finde, diese Geschichten aus dem Krieg sind nichts zum Angeben, höchstens die erfundenen. Ich habe mir auch ein paar ausgedacht. Für alle Fälle. Sie klingen, wie die Kinder das hören sollen. Nach Abenteuer mit Lagerfeuern, wilden Tieren, langen Wanderschaften. Schlimme Dinge kommen darin nicht vor, Bomben nicht, Granaten nicht, Gewehre nicht, Flugzeuge ebenfalls nicht. Ich könnte ihnen anstelle meiner Geschichten Märchen vorlesen, da erkennt man die schlimmen Dinge auch erst viel, viel später, wenn man lange genug nachgedacht hat. Die Kinder denken nicht lange genug nach, Gott sei Dank. Ich denke viel zu viel nach, selbst jetzt noch, wo die Gedanken manchmal aus Klebstoff sind und aneinander entlang tropfen wie Honig oder Wagenschmiere.

# 8 Flugzeuge zum Mond

Die Flugzeuge stammen tatsächlich aus Kriegszeiten. In meiner Zeit war oft Krieg. Nur die letzten 30 Jahre nicht. Jedes einzelne ging schneller vorbei als die 55 davor. Viele aus den ersten 55 möchte ich einfach streichen. Aber das geht nicht. Die Jahre krallen sich in der Erinnerung fest und in den Träumen. Auch in den Träumen. Vor allem in den Träumen. Da bin ich ihnen ausgeliefert.

Flugzeuge haben mich immer fasziniert. Ich habe mir vorgestellt, wie sie die Schwerkraft überwinden und alles ganz leicht machen, auch die Gedanken. Dann habe ich zum Mond geschaut. Man hat mir in der Schule gesagt, dass er 358.000 Kilometer weit weg von der Erde ist. Für mich war er oft ganz nah. Ich habe mir ausgemalt, dass es dort viel friedlicher ist. Aber geflogen bin ich nicht, mit Flugzeugen nicht und mit Raketen schon gar nicht. Ich habe es mir nur ausgedacht und konnte dabei das Brummen im Magen spüren, wenn die mächtigen Motoren arbeiten, das Klappern der Kabine, den Druck beim Start, das Vibrieren in der Luft, das Auf und Ab im Wellental der Wolken, in meiner Vorstellung hatte das Fliegen etwas von schwereloser Seefahrt. Dabei war das größte Boot, mit dem ich je gefahren bin, die Niersfähre beim Ausflugslokal „Jan an de Fähr". Man musste es an Metallseilen selbst über den Fluss ziehen. Es hat nicht besonders geschaukelt.

Meinem Vater habe ich nie etwas von Flugzeugen oder dem Mond erzählt. Er hätte das für Spinnerei gehalten, in seiner Welt war kein Platz für Träumerei, auf jeden Fall nicht am Tag. Mein Vater war ein Schmied, der ganz fest auf dem Boden stand, schwer, auf beiden Beinen, bei der Arbeit wie festgewachsen. Die Schmiede war sein Ort, ich konnte ihn mir nirgendwo anders vorstellen. Er gehörte hinein wie Amboss und Feuer, wie die Zangen an der Wand und der rauchige Geruch.

Er redete auch nicht viel, kein Mann in meiner Familie tat das. Ein Blick aus seinen dunklen Augen reichte meistens. Mir konnte er bis auf den Grund der Seele schauen. Das hätte ich aber nie zugegeben. Wenn er mit seinem langen, schon grauen, bis über den Kragen reichenden Bart und der dicken Lederschürze am Amboss stand und den Takt vorgab, dann waren wir alle ein gehorsames Orchester. Ping, ping, ping, machte der kleine Hammer, tong, tong der große. Das Eisen bog sich zur rechten Zeit. Es hatte alles seine Ordnung.

Wir arbeiteten außer am Sonntag sechs Tage von morgens bis abends, von den bösen Geistern der Nacht wusste ich noch nichts. Es war alles sehr unschuldig und ging seinen Gang. Wir haben nie danach gefragt, ob das richtig ist. Es war einfach richtig. Ja, richtig und einfach. Ferien oder bezahlte Feiertage kannten wir nicht. Ich bin nie in Urlaub gefahren, wie das heute alle tun. Meine Kinder waren schon auf Nordseeinseln, in Spanien und Italien. Sie erzählen von Flugzeugen, von kleinen Taschen, die einem die Fluggesellschaften schenken, von Stewardessen und Fensterplätzen, von denen man auf die Wolken schauen kann, und dass man während des Flugs etwas zu essen bekommt. Das ist nicht meine Vorstellung vom Fliegen.

Sie bringen Bilder mit, die meistens das Meer zeigen und sie selbst in Badesachen oder in einem Speisesaal mit Kellnern in dunklen Anzügen, die Schnurrbärte tragen und deren Haare so schwarz sind wie Klavierlack. Ich weiß nicht, was ich in Spanien oder Italien sollte, und Badesachen hatte ich nie. Früher sind wir mal in die Niers gesprungen, wenn es sehr heiß war. Aber dafür brauchten wir keine Badesachen. Und wir hätten nicht mal Bilder davon gemacht, wenn es schon Fotoapparate für alle gegeben hätte. Damals wusste niemand, was er im Ausland sollte. Jedenfalls niemand von denen, die ich kannte. In Goch kannte ich alle.

# 9 Die Tage der Rosen

Von der Arbeit gab es nur zwei Ausnahmen: Kirmes und Fassnacht. Da haben wir gefeiert.

Die Fassnachtstage nannten wir die Tage der Rosen. Deshalb gab es später wohl auch den Rosenmontagszug. So etwas hatten wir noch nicht. Wir feierten in der Regel im Saal.

In den ruhigen Jahren vor dem Krieg, dem ersten Krieg, ging ich meistens mit meinen Freunden Heini und Jupp in die Stadt zum Feiern. Mein Vater drückte beide Augen zu, was selten genug vorkam. Heini und Jupp waren zwei Jahre älter als ich, und Heini hatte immer gute Einfälle. „Heini ist ein Clown", sagte meine Schwester Else. „Klohn", sagte sie. So sprachen wir das aus. Heini brachte ihr schon mal Bonbons mit. „Brökskes" nannten wir die, so nennen wir sie noch heute.

Else war total verschossen in Heini. Das konnte man verstehen. Heini war groß und blond wie ein Schwede, er hatte blaue Augen, die immer lachten. Seine Familie ist nach dem Krieg weggezogen nach Süddeutschland. Ich würde gern wissen, was aus ihm geworden ist. Er war Schreiner, und ich bin sicher, dass er Meister geworden ist, eine blonde Frau gefunden und viele blonde Kinder hat. Vom vielen Lachen hat er bestimmt Falten um die Augen bekommen. Ich habe nichts mehr von ihm gehört.

Jupp war kleiner und hatte dunkle Haare, die so widerspenstig waren, dass sie selbst nach dem Kämmen in allen Richtungen vom Kopf abstanden. Seine Ohren waren groß, und sie wurden immer schnell rot, wenn Jupp verlegen wurde. Alle zogen ihn damit auf, auch die Arbeitskollegen in der Schuhfabrik. An Jupps Fingern klebte immer ein Stückchen eingetrockneter Leim, den sie für die Sohlen brauchten und den man überall in der Nachbarschaft der Fabrik roch. Der Leim war dunkelgelb, wie Harz. „Jupp, du musst dich mal waschen", sagten wir. Jupps Ohren glühten wie das Eisen in unserer Esse.

Sogar Else musste dann lachen, obwohl sie in Heinis Gegenwart immer verlegen war. Zu mehr als Verliebtheit hat es bei ihr nie gereicht, auch später nicht, als sie kein Kind mehr war. Sie ist eine alte Jungfer geworden. Ich weiß nicht, warum ausgerechnet sie keinen abgekriegt hat, sie sieht auch nicht schlechter aus als die anderen, vielleicht ist sie ein bisschen dicker, sicher ist sie ein bisschen dicker. Aber das ist ja kein Grund. Ich habe nichts dagegen, wenn Frauen was hermachen. Mein Bruder Fritz hat so eine, sein Sohn Fritzke auch, und groß sind sie dazu. Meine ist ein wenig klein geraten, aber das ist ja nicht zu ändern. Nach der Figur würde sie ich mir nun auch nicht aussuchen, das wäre übertrieben.

Else war es vielleicht zu anstrengend, das Poussieren und Händchen halten und später die Sorgen und die Windeln und die Wäsche. Und sie unterhielt sich lieber mit Kindern als mit Männern. Die ganze Welt der Erwachsenen ist ihr fremd geblieben. Auf meine Enkel ist sie ganz verrückt. Wir haben nie darüber gesprochen, warum sie keinen Mann gekriegt hat. Das geht mich ja auch nichts an.

Den Enkeln ist es gleich, sie behandeln sie wie eine große, alte Schwester, weil sie jeden Unsinn mitmacht und über Sachen lacht, über die andere Erwachsene nie lachen. Selbst wenn sie sich im Keller versteckt und die böse Hexe spielt, finden die Enkel Else toll. Sie glauben, dass ihnen nichts passieren kann, wenn sie mit Else zusammen sind. Sie ist Teil ihrer heilen Welt, und sie vergessen, wie alt sie ist. Else vergisst das auch. Sie hat es wohl nie gewusst. Wie ich sie darum beneide, die Kinder und Else.

Die Enkel verwöhnt sie. Zum Sonntagskaffee versteckt sie Geldstücke unter Mohrenköpfen, Teilchen oder Tassen. Wenn die Kinder die Geldstücke finden, freut sie sich, und sie achtet genau darauf, dass niemand leer ausgeht. Ihr Leben ist leicht. Ihr Leben war immer leicht. Ich denke an das Evangelium. „Wenn ihr nicht werdet wie die Kinder." War ich jemals ein Kind?

Sie hätte Fassnacht gern bei uns mitgemacht, aber dafür war sie viel zu klein, und Mädchen kamen in unserer Fassnacht auch nicht vor - kleine Mädchen jedenfalls nicht. Wir fühlten uns schon ziemlich erwachsen und planten die Rosentage Wochen im voraus. 1909, das weiß ich wirklich noch, hatten wir uns von einer Näherin einen Frack aus Sackleinen anfertigen lassen. Dazu trugen wir einen bunten Kübelhut. Rosenmontag gingen wir in die Wirtschaft zur Mühle an der Gaesdoncker Straße, da, wo heute der Viktoria-Platz ist mit seinen Steinmauern um die Aschenbahn und der Aufschrift „Viktoria-Kampfbahn" auf dem großen Eingangstor. Den Viktoria-Platz gab es noch nicht, der Sportverein war nicht einmal gegründet. Für Sport hatte niemand Zeit - wann auch? Nicht wie heute, wo jeder in einem Verein ist, die Feineren in einem Tennisclub, und wo sie im Fernsehen Werbung machen für die Trimmspirale. Da kann man Feldchen auf einer Karte ausfüllen, wenn man durch den Wald gerannt ist, Gymnastik mit Holzpfosten oder Kniebeugen gemacht hat. Ich finde das so lächerlich wie das Männchen, das im Fernsehen den Daumen nach oben hält. Aber mich fragt ja niemand.

Wir sangen mit den anderen in der Wirtschaft den Schlager „Es war in Schöneberg im Mai". Dazu haben wir geschunkelt und auch mal die Kübelhüte geschwenkt. Die Fenster beschlugen, weil wir uns so anstrengten beim Singen und Schunkeln.

Wir tranken viel Bier und ein paar Schnäpse. Als junger Kerl habe ich gern getrunken.

Ich mochte das Gefühl, wenn es sich im Kopf ein bisschen zerblasen anfühlt, wenn alles nicht mehr so wichtig ist und wenn man ruhig mal Unsinn reden kann. Im Alltag war für Unsinn kein Platz, und im Alltag gab es für Unsinn auch keine Entschuldigung. Da-

gegen stand schon mein Vater, der nicht einmal an den Fassnachts-
tagen ausging. Ich habe mich nie getraut, ihn zu fragen, ob das
schon früher so war. Ich konnte mir nicht vorstellen, dass mein
Vater mal jung war. Ich war auch nicht lange jung, aber in diesen
Jahren schon. Wir waren sehr ausgelassen an den Rosentagen.
Vielleicht ahnten wir schon etwas von dem, was unsere Jugend
und die Erinnerung an das, was sie hätte sein können, für immer
beenden würde.

Gegen eins in der Nacht schaukelten wir nach Hause. Wir kamen uns sehr verwegen vor. Ich glaube, wir haben gesungen. Bestimmt haben wir gesungen. Das gehörte einfach dazu. Die San-
geslust verließ uns allerdings am Friedhof, obwohl wir uns so erwachsen fühlten, war das doch der falsche Ort für ausgelassenen
Gesang. Wir wollten uns schnell vorbeidrücken, doch da sahen wir
am Eingangstor einen ungeheuer großen Mann, den Arm drohend
erhoben. Wir dachten schon, der Alkohol habe uns einen Streich
gespielt. Aber es war ja unwahrscheinlich, dass wir alle drei ein
gemeinsames Trugbild sahen. Weil sich der große Mann überhaupt
nicht bewegte, traten wir doch vorsichtig ein wenig näher, Alkohol
macht ja auch mutig. Und da sahen wir: Es war eine Strohpuppe,
kunstvoll gefertigt und über zwei Meter groß. Die hatte irgendein
Scherzbold da abgestellt.

Wir waren erleichtert, und ich wollte weiter nach Hause. Heini
aber sagte: „Kommt, die hängen wir aufs Klo an der Frauentorschule und rufen die Polizei."

Jupp und ich widersprachen Heini nie, auch diesmal nicht.
Wenn der seinen Spaß haben wollte, machten wir bedenkenlos mit.
Meistens lohnte es sich am Ende. Und auch wenn Jupp und mir der
Schreck doch ein bisschen in die Beine gefahren war und Jupps
Ohren längst wieder durch die Nacht leuchteten, wollten wir nicht
als Spielverderber dastehen, auf keinen Fall als Feiglinge. Wer
weiß, wer davon erfahren würde. Heini konnte manchmal sehr ge-
sprächig sein.

Auf der Wache trafen wir den Wachhabenden und einen Nachtpolizisten an. Beide hatten ebenfalls ziemlich tief ins Glas geschaut, schließlich war Fassnacht. Das gehörte sich so. Der Wachhabende rollte mit den blauen Augen und stützte den Kopf in die Hand. Der Nachtpolizist schaute uns an, als müsste er das Bild, das er vor sich sah, alle paar Sekunden scharf stellen. Auf seiner Stirn standen tiefe Falten, sein Kopf wackelte, da half auch die Hand als Stütze nicht sehr.

Heini tischte ihnen seine Geschichte auf: „Wir wollten zur Voßstraße nach Hause gehen. Da musste ich austreten und bin in die Frauentorschule. Als ich auf dem Abort die Tür aufmachte, hing da ein großer Kerl. Der hat sich bestimmt aufgehängt." Und er guckte richtig ängstlich. Jupp und ich fingen langsam an, die Angelegenheit sehr unterhaltsam zu finden. Aber wir zeigten das natürlich nicht.

Der Wachhabende hatte keine Lust auf nächtliche Nachforschungen. Er richtete sich auf, der Körper straffte sich, seine Gesichtszüge schafften es, leidlich dienstlich zu wirken, und er schickte den Nachtpolizisten mit uns zur Schule. Der Polizist war erkennbar wenig begeistert, setzte aber die Pickelhaube auf den wackelnden Kopf, schnallte seinen Degen um und stolperte hinter uns her. Die Schnäpse und das Pflaster machten seinen Gang nicht ganz so würdevoll, wie er sich das selbst wünschte. Über das Pflaster hat er geschimpft, über die Schnäpse nicht. Wir amüsierten uns inzwischen königlich.

Vor dem Klo zog er seinen Degen und befahl mir, die Tür zu öffnen. „Mammadietürauf", sagte er, die Wörter kippte er einfach zusammen. Ich gehorchte, machte aber ein angemessen furchtsames Gesicht und blieb zurück. Er ging vorsichtig und leise schaukelnd in die Kabine. Mit dem Schwert tastete er aus einigermaßen sicherer Entfernung den Erhängten ab. Als er mit dem Degen ungefähr auf Bauchhöhe war, gab Heini ihm einen ordentlichen Stoß. Die Waffe fuhr dem Strohmann in den Bauch. Der Polizist stand starr vor Schreck und ließ den Degen fallen. Und bevor er festgestellt hatte, dass er in einen Ballen Stroh gestochen und sich von seinem Schreck erholt hatte, waren wir davon.

Der Schutzmann lief uns nach, fiel aber ein paarmal hin, und er rief: „Halt, oder ich schieße!" Das fanden wir sehr lustig, denn wir wussten ja, dass er kein Gewehr hatte. Seine einzige Waffe, der Degen, lag im Klo beim Strohmann. So richtig gefährlich fanden wir ihn deshalb nicht. „Halunken, Mammelucken", schimpfte er keuchend. Da hatte Heini noch eine gute Idee. Er schoss mit seiner Karnevalspistole in die Luft.

Das war nun wirklich zu viel für den Polizisten, er rannte um sein Leben. Wir warfen ihm noch ein paar Knallfrösche nach. Und wir lachten, bis uns die Kübelhüte vom Kopf fielen. Wir mussten uns gegenseitig festhalten, damit wir nicht lachend aufs Pflaster kippten.

Niemand außer uns und dem Sergeanten hat je von der Geschichte erfahren. Der Sergeant hat sich geschämt, und wir wussten, was wir verraten durften. Sogar Heini hielt dicht.

Ich weiß nicht, was mein Vater gesagt hätte. Er hätte wahrscheinlich nicht mal im Stillen darüber gelächelt. Er war ein ernster und strenger Mann. Wenn ich heute in den Spiegel sehe, erkenne ich ein bisschen von ihm in meinem Gesicht. Dabei finde ich mich gar nicht so ernst. In den Augen der anderen bin ich es wohl, das wiederum sehe ich in ihrem Blick. Sie werden in meiner Gegenwart immer ziemlich scheu.

# 10 Knacki und die Csardasfürstin

Ich würde ihnen gern das Gegenteil beweisen und zeigen, dass ich sehr lustig sein kann. Deshalb erzähle ich manchmal von früher, und meistens haben meine lustigen Geschichten mit Heini zu tun und immer mit der Zeit vor dem ersten Krieg, danach war es nie mehr richtig lustig. Ich erzähle zum Beispiel vom Theater, das damals regelmäßig im Stadttorsaal gastierte. Das war ein Ereignis in der Stadt.

Ich ging mit Heini und Jupp oft hin, um von draußen oder aus dem Foyer dem Auftrieb zuzuschauen. In den Saal durften wir nicht, und Karten waren viel zu teuer. Ich weiß auch nicht, ob wir so großes Interesse am Programm gehabt hätten. Es gab häufig Operetten. Diesmal sollte das Theater die Csardasfürstin spielen. So stand das auf dem Plakat. Vor dem Saal patrouillierte der Polizeisergeant Wervers in Galauniform. Man nannte ihn den Langen, weil er 1,90 Meter maß.

Das war damals selten. Nicht so wie heute, da einem die Jungen über den Kopf wachsen, weil bei der Erzeugung der Lebensmittel so viel Kunstdünger verwendet wird. Ich selbst bin über 1,80 Meter. Auf mich schaute früher kaum einer herunter. Heute ist das anders. Röbke ist erst 16, aber er ist schon größer als ich. Auch bei ihm liegt das am Kunstdünger, da bin ich ganz sicher, auch wenn alle immer so nachsichtig lächeln, wenn ich das sage. Denn er war mal ein richtiges Würmchen, eine Frühgeburt, die in Decke und Kissen verschwand, ein kleines zerknautschtes Gesicht, ganz kleine Händchen. Ich habe mich nicht getraut, ihn anzufassen, so leicht hätte etwas kaputtgehen können. „Den kriegt ihr nicht durch", sagte ich meiner Schwiegertochter. Es war meine volle Überzeugung. Dass sie erschrak, habe ich gar nicht gemerkt. Lene hat nur den Kopf geschüttelt. Es kam ja dann auch anders. Und dagegen hatte ich natürlich nichts.

Nur geladene Gäste waren diesmal zur Vorstellung willkommen. Wir musterten sie im Vorraum und auf dem Weg in den Saal. An der Eingangstür stand ein Pförtner in Livree mit weißen Schnüren auf der Brust, der einen eindrucksvollen Bauch hatte und äußerst wichtig schaute. Die meisten Besucher kamen zu Fuß, die Gehbehinderten ließen sich in einer Droschke oder einem Landauer von Erkens oder Litjes vorfahren. Die Damen trugen lange Kleider aus Seide, es raschelte, wenn sie vorübergingen. Die Herren kamen im Abendanzug und in gestreiften Hosen. Ihre Spazierstöcke hatten goldene oder silberne Knäufe. Sie unterhielten sich in gedämpftem Ton. Wir rochen das Parfüm der Damen, den Zigarrenrauch der Herren, die Luft im Vorraum war angefüllt damit. Für uns roch das nach der großen Welt. Ich musste niesen. So viel Gutes waren wir nicht gewöhnt.

Ein Bote brachte fünf große Blumensträuße mit einer Visitenkarte. Sie waren der Tochter des Theaterdirektors zugedacht. Sie hieß Lina, hatte rote Haare und sah für uns wie ein Wesen von einem anderen Stern aus, wie ein Wesen von einem sehr vornehmen anderen Stern. Die Frauen in unserer Stadt hatten keine roten Haare, sie trugen meistens Kittelschürzen und sonntags ein schwarzes Kleid mit einer weißen Bluse. Lina war ein Farbtupfer, den es nur im Theater geben konnte. Ihre Lippen waren rot geschminkt, sie leuchteten in ihrem gepuderten Gesicht. An beiden Ohren trug sie große, goldene Ohrringe. So etwas trugen sonst nur die Zigeunerinnen, die Kirmes aus der Hand lasen oder mit Teppichen von Haus zu Haus zogen. Sie waren uns nicht geheuer, aber bestaunt haben wir sie doch aus sicherem Abstand. Manche hatten Bilder von ihnen im Wohnzimmer. Da trugen die Zigeunerinnen rote Schals und bunte Kopftücher über dem schwarzen Haar. Ihre Augen funkelten. Mir war das zu viel.

Um halb sieben begann die Vorstellung. Der Polizist setzte seine Pickelhaube ab und nahm im Saal Platz. Unser Schauspiel fand derweil draußen statt. Durchs Steintor schaukelte gerade der

Gaslampenanzünder, den in Goch alle Knacki nannten, seinen richtigen Namen weiß ich nicht mehr. Vielleicht hatte er gar keinen richtigen Namen. Knacki war ein kleines Kerlchen mit einem großen Buckel und einem fahlen Gesicht, in dem ein Paar Schweinsäuglein saß. Er schritt auf die nächste Gaslampe zu, sein langer Stab war ihm dabei eine wichtige Stütze. An der Laterne setzte er den Stab an den Schieber der Lampe und schob diesen nach vorn. Das Licht leuchtete. Zufrieden nahm Knacki seine Flasche aus der Tasche und belohnte sich mit einem ordentlichen Schluck.

Dann ging er tüchtig schwankend über die Niersbrücke zur Pferdetränke. Heute ist da der Schwanenteich, zu dem die Familien sonntags gehen und wo sie mit altem Brot die Enten füttern. Die Schwäne wohnen in einem eigenen Haus auf einer kleinen Insel. Die Enten fliegen manchmal rüber zur nahen Niers und paddeln dort ein bisschen herum, die Schwäne schwimmen immer sehr stolz auf dem Teich. Sie wölben ihre mächtigen Flügel und sehen dabei aus wie Jungs, die den Brustkorb aufblasen wie der Hahn, bevor er auf dem Mist sein Lied kräht. Röbke ist am zweiten Weihnachtstag mal in den Schwanenteich gefallen, weil er sein neues Fahrrad ausprobieren wollte, aber mit einem Hosenbein am lockeren Maschendraht vom Zaun hängen blieb. Lene setzte ihn vor den Ofen und gab ihm einen heißen Tee mit einem Schuss Klosterfrau Melissengeist. Das war Lenes Allheilmittel. Danach war alles wieder gut. Bei Lene war schnell alles wieder gut. Dem Fahrrad war nichts passiert. Röbke holte sich nicht einmal eine Erkältung. Nur seine Sachen rochen nicht so angenehm. Aber die konnte man ja waschen.

Am Straßenrand standen damals acht mächtige Lindenbäume. Am ersten Baum lehnte sich Knacki an und setzte die Flasche dreimal an, das tat er an jedem Baum, beim letzten war die Flasche leer, kein Wunder. An der Villa Klara brauchte er schon sehr viel Platz auf dem Gehsteig. Er kam noch bis zur Wiesenstraße. An der

Ecke zündete er eine Lampe an, dann wurden ihm die Knie weich, und er sank mit dem Stab im Arm ansatzlos in einen tiefen Schlummer, die Laterne gab seinem Rücken ein wenig Halt.

Wir versuchten, ihn wieder auf die Beine zu stellen. „Knacki, du musst weiter", sagten wir. Vergeblich. Die Beine sackten immer wieder ein. Mittlerweile wohnten bestimmt 30 Passanten dem Schauspiel bei. Wir holten den Gendarm aus der Vorstellung im Stadttorsaal, schließlich war ja die öffentliche Ordnung gefährdet, wenn der Gaslampenanzünder seiner Aufgabe nicht mehr nachgehen konnte. Als er den Knacki da liegen sah, rief der Sergeant: „Was soll ich denn mit der Schildkröte. Soll ich den wie ein Baby auf den Arm nehmen und in die Ausnüchterungszelle tragen?" Er fürchtete wohl nicht nur um die öffentliche Ordnung, sondern auch um seine makellose Ausgehuniform. Das Publikum johlte begeistert.

Heini wusste die Lösung. „Ihr beschlagt doch die Pferde vom Sägewerk Hünnekens?", fragte er mich, „die haben einen im Stall, der über Nacht auf die Pferde aufpasst. Und da steht eine Schubkarre." Der Wachtmeister schickte uns zu Hünnekens an die Gartenstraße, sichtlich erfreut darüber, dass er sich die Hände und den Anzug nicht schmutzig machen musste.

Ich kannte den Knecht, er hieß Tinnes de Groot und redete immer in einem Gemisch aus Platt und Holländisch. „De Krüjkorr stett noch voll Pärtskötels an de Messthop", sagte er, „schmitt se marr ömm, änn ek wöns ow moje Fohrt." (Die Schubkarre steht noch voller Pferdeäpfel am Misthaufen, schmeißt sie mal um, und ich wünsche euch gute Fahrt.) Dann zog er wieder an der Zigarre.

Zu jeder Zeit hatte er einen Zigarrenstummel im Mund, er konnte sprechen, ohne dass ihm der Stumpen aus dem Mund fiel, und gegen den aufsteigenden Rauch war er offensichtlich unempfindlich. Ich fand das erstaunlich. Ich habe in meinem langen Leben nur noch zwei Männer getroffen, die das genauso gut konnten.

Der eine war Paul Peters, den alle Kohlen-Peters oder Kohlen-Bär nannten, weil seine Familie mit Brennstoff handelte und weil er eine tiefe Stimme wie ein Bär hatte. Schon als Junge hatte er so eine tiefe Stimme, wahrscheinlich hat er die Kindheit einfach übersprungen. Auch er hatte immer einen leise glimmenden Stumpen im Mundwinkel, selbst wenn er Öltanks befüllte. „Dänn Olli bränt nitt"", sagte er. Die meisten glaubten es. Was blieb ihnen übrig?

Der andere war Willi Jansen, der Bruder des Bäckers Jansen, unser Nachbar. Willi war als Kind an Kinderlähmung erkrankt. Seine Hände waren wie Klauen, die Füße wie Klumpen und die Beine verdreht. Weil er ohne Hilfe nicht gehen konnte, schob er sich an einem kleinen Karren aus Holz voran, den er mit einem Eisengestänge lenkte. Auch ihm ging die Zigarre nie aus, und er hatte große Kunstfertigkeit erlangt, das Stückchen Zigarre zwischen den Lippen zu drehen, ohne die Hände zu benutzen. Wenn er die Karre nicht schob, zerriss er mit seinen verkrüppelten Händen Pappkartons. Das hatte ihm sein Bruder, der Bäcker, befohlen. Er ging sehr herrisch mit Willi um. Und wenn er zu viel getrunken hatte, rutschte ihm auch mal die Hand aus - gegen Willi und gegen seine Frau. Dafür hat er von mir mehrmals eine Tracht Prügel bezogen. Seine eigenen Kinder hatten mich gerufen. Der Bäcker ist der einzige erwachsene Mann, den ich je geschlagen habe. Auch andere hätten es verdient gehabt. Der Bäcker ganz sicher.

Willi sicher nicht. Willi war ein guter Kerl, und obwohl er nicht sehr schön aussah mit seinen Bartstoppeln im schrägen Gesicht, mochten ihn die Kinder. Dass er nicht immer besonders gut roch, schienen sie nicht zu bemerken. Nicht mal die ewig brennende kurze Zigarre fanden sie schlimm. Manchmal konnte man glauben, dass Kohlen-Peters und Willi nur Stumpen kauften, weil die Zigarren immer mindestens zu zwei Dritteln abgebrannt waren. Ich habe weder sie noch Tinnes de Groot je gefragt. Lene hätte es vielleicht gewusst. Aber die habe ich auch nicht gefragt.

Dem Knacki war es offenbar gleichgültig, in welches Gefährt wir ihn legten, seine Nase hatte er wohl abgeschaltet. Wir waren froh, die Mistkarre zu haben, denn für so einen kleinen Kerl war er ziemlich schwer. Mit begeisterter Begleitung der Zuschauer, die lange nicht mehr so einen schönen Sonntagabend gehabt hatten, ging es zum Steintor. Der lange Wervers holte eine Kerze und leuchtete in die Zelle. Dort lag schon einer. Es war Thei dänn Appel, auch dessen richtigen Namen kannte keiner. Er war wie Knacki Kommunalbeamter, er kehrte die Straßen, die Knacki abends beleuchtete, und er hatte sich seinen Namen verdient, weil sein Kopf so rund war wie ein Apfel und die Backen immer schön rot leuchteten. Auch sein Dienst war wohl sehr anstrengend gewesen. Er war allerdings nicht mit der Schubkarre ins Quartier gebracht worden, er hatte es wohl noch auf eigenen Beinen geschafft.

Gemeinsam schliefen Thei und Knacki im Steintor ihren Rausch aus. Die Laternen blieben von der Ecke der Wiesenstraße an in dieser Nacht dunkel. Zum Glück war es bis zum Montagmorgen nicht mehr weit. Der lange Wervers fand das Schauspiel auf der Straße am Ende noch spannender als die Operette, in den Saal ging er nicht zurück, nicht einmal Linas rote Locken konnten ihn dazu bewegen. Stolz stand er auf der Straße, weil er die öffentliche Ordnung wiederhergestellt hatte. Nur Blumen gab es keine für die Hauptdarsteller.

Ich weiß nicht, warum mir das wieder einfällt. Wahrscheinlich, weil es eine schöne Zeit war, unbelastet und geordnet. Ich habe nie wieder so viel gelacht. Und ich habe mir nie wieder so wenige Gedanken gemacht. Deshalb erzählte ich meinen Enkeln, solange sie klein genug waren, solche Geschichten. Ich weiß nicht, ob sie die Geschichten geglaubt haben. Ich weiß ja nicht mal, ob ich die Geschichten selbst glaube. Das ist auch nicht so wichtig. Jedenfalls hörten die Enkel artig zu. Und ich floh für ein paar Minuten in diese Zeiten zurück. Vielleicht macht das jeder Opa so. Ich habe ganz bestimmt jeden Grund dazu.

## 11 Mein Vater und der liebe Gott

Wir lebten, um zu arbeiten. Das war selbstverständlich, und wir waren ganz zufrieden damit. Am Sonntag ging es in die Kirche. Da wurden keine Ausnahmen gemacht. Mein Vater war ein guter Katholik, zu dessen Regeln der Kirchgang am Sonntag gehörte. Als Kind stellte ich mir den lieben Gott ein bisschen so vor wie meinen Vater. Streng, immer sehr korrekt und mit einer Regel für jede Lebenslage. Vielleicht war der Bart vom lieben Gott ein bisschen länger, und wahrscheinlich war der Bart weiß und nicht grau. Und vielleicht war der liebe Gott auch nicht so streng wie mein Vater, er heißt ja auch lieber Gott. An Liebe dachte niemand, der meinen Vater sah. An Gott schon.

Natürlich war mein Vater dem Kaiser treu ergeben. Er gehörte zum Kriegerverein, der sich an Kaisers Geburtstag auf dem Marktplatz aufstellte. Mein Vater schaute dann noch ein bisschen ernster als sonst, die linke Augenbraue krümmte sich leicht, zwei lange Falten, die an der Nasenwurzel begannen, verschwanden im Bart. Er hielt sich sehr gerade. Und er trug einen Zylinder.

Für den Krieg gegen die Franzosen war er zu jung gewesen. Die meisten im Kriegerverein waren zu jung für 70/71. Deswegen standen sie stramm und lauschten brav, wenn der alte Sternefeld oder der alte Stern von Sedan und großen Siegen für Kaiser und Vaterland erzählte. Sie stellten sich vor, dabei gewesen zu sein. Bestimmt träumten sie davon.

Solche Träume gab es auch in der Welt meines Vaters, er hätte es vermutlich sogar zugegeben. In ihren Träumen hatte der Krieg für die Männer vom Kriegerverein vor allem mit Heldentum zu tun, mit Edelmut, sauberer Gesinnung, Tapferkeit und Anstand, auch mit Siegen - wie in den alten Geschichten, in denen die Hel-

den Rüstungen trugen und Schwerter und vielleicht Siegfried hie-
ßen. Was für eine Verblendung. Was wussten sie schon. Heute
könnte ich ihnen viel erzählen. Zu spät. Sie hätten es auch damals
nicht hören wollen. Und Siegfried ist ja ebenfalls betrogen worden.

Sternefeld und Stern waren reiche Leute, wichtige Menschen in
der Stadt, aber im Kriegerverein sprachen sie mit meinem Vater
ganz normal, von gleich zu gleich. Sie machten sich nicht wichtig.
Das mussten sie wohl auch nicht, jeder wusste, wie bedeutend sie
waren. Sie gaben vielen Leuten Arbeit in der Schuhfabrik oder in
der Zigarrenfabrik. Und sie waren gerecht. Das sagte mein Vater.
Gerechtigkeit fand er sehr wichtig. Es gab gerechte Strafen, und
man musste Gesellen und Lehrjungen gerecht behandeln. Gerechtigkeit hatte mit Ordnung zu tun und Ordnung mit Gerechtigkeit.
Das eine ging ohne das andere nicht. „Jeder hat seinen Platz", sagte
mein Vater.

Für Neid hatte er kein Verständnis. „Der eine macht sich die
Hände bei der Arbeit schmutzig, der andere schläft in seidener
Bettwäsche", erklärte er, „das hat der Herr so gewollt." Dass der
Herr bei Sternefeld und Stern Jehova hieß, und dass sie dessen Namen nicht aussprachen, dass sie zum Beten in die Synagoge gingen, jedenfalls manchmal, hatte für meinen Vater keine Bedeutung. Ich glaube, er hatte nicht einmal etwas gegen Evangelische.
Hauptsache, sie waren gerecht und fügten sich der Ordnung. Die
Ordnung war das Schmiermittel und das Scharnier unserer Gesellschaft. Für meinen Vater gab es keinen höheren Wert. Das verstehe
ich, noch heute verstehe ich es. Und selbst wenn ich lange nach-
denke, will mir auch nichts Wichtigeres einfallen.

Ich fand Stern und Sternefeld vor allem imponierend, weil sie
so viel Würde ausstrahlten. Selbstverständlich zog ich den Hut,
wenn ich ihnen begegnete oder wenn sie im Einspänner vorüber-
fuhren. Natürlich zog ich meinen Hut auch, wenn sie es nicht sehen
konnten. Denn mein Vater sagte: „Das gehört sich so." Ich würde

es heute noch so tun, in einer Zeit, in der immer weniger Männer einen Hut tragen.

Ich war jedes Mal sehr beeindruckt, wenn der Kriegerverein auf dem Marktplatz stand, alle Mann in tadellosen schwarzen Anzügen, mit ordentlich gebundener Krawatte, den Zylinder in der Hand. Die Handwerker - die Schuhmacher, die Schmiede, die Männer aus den Zigarrenfabriken - hatten stundenlang die Hände geschrubbt, bis die ganz rosig waren und sauber. Nur ein paar schwarze Linien hatten sich für immer in die Haut eingebacken. Wenn man einem dieser Männer die Hand gab, dann fühlte es sich an, als würde man über eine rau verputzte Hauswand reiben.

Als ich ein Kind war, verschwand meine Hand in so einer Hand. Heute sind meine Hände so groß wie die Hände der Männer aus dem Kriegerverein, nur die schwarzen Linien sind dann doch herausgewaschen, und ich fühle nicht mehr so viel wie früher. Einen kräftigen Händedruck aber habe ich noch. Darauf war ich immer stolz, ich konnte Männer nie leiden, die einem so eine schlaffe Pfote in die Hand gaben, das ist unmännlich. Das sage ich meinen Enkeln heute. Sie gucken dann, als würden sie es mir zuliebe verstehen.

Ich konnte mit meinen großen Händen ganz kleine Dinge aus Metall herstellen. Es sah sogar für mich merkwürdig aus, wenn sie in meinen Händen zu verschwinden schienen und dann doch fertig wieder herauskamen. Aber ich bemerkte die kleinen Unebenheiten, die Erhebungen, die Löcher. Metall hat immer zu mir gesprochen. Ich musste nicht mal hinsehen, ich fühlte es und war immer ganz bei mir, wenn ich ein Stück zur Bearbeitung in die Hand nahm. Das kann ich heute nicht mehr. Das Gefühl hat meine Hände verlassen, vieles entgleitet mir einfach. Es fällt mir schon schwer, einen Bleistift zu halten. Ich komme mir so nutzlos vor, das macht mich wütend. Es ist die Strafe des Alters. Ich bin viel zu alt. Wir alle werden viel zu alt.

Für den Fotografen hielten die Männer vom Kriegerverein auf dem Marktplatz die Luft an, blickten sehr würdig zur Kamera und ließen das Bild einfrieren, damit es nachher nicht verwackelt war. So hat man es ihnen beigebracht. Das habe ich mir gemerkt, und so habe ich das auch immer gemacht, wenn ich fotografiert wurde.

Es kam ja nicht so oft vor, nicht so wie heute, wo die Fotoapparate mehr und die Fotografen weniger werden und Fotos angeblich auch nicht mehr so schnell verwackeln. Ich trau solchen Behauptungen nicht und halte mich gerade, wenn ich fotografiert werde. Bei unserer Goldenen Hochzeit bin ich zum letzten Mal fotografiert worden. Ich musste mich neben Lene setzen, die Enkel standen und saßen um uns herum. Lene trug eine weiße Blume aus Stoff an ihrem Kleid, ich natürlich einen dunklen Anzug und eine Krawatte. Lene schaute freundlich, ich schaute sehr ernst, fast grimmig, mein Unterkiefer war vorgeschoben, aber das wollte ich gar nicht. Ich wollte nur still halten und feierlich aussehen. Und wer genau hinsieht, der kann erkennen, dass ich ganz weit hinten in meinem Blick doch lächeln wollte. Das Foto hat mein Schwiegersohn gemacht, er hat einen Fotoapparat mit Blitz, und er hat meine Haltung nicht korrigiert.

# 12 Das Foto von 1914

An ein Foto werde ich mich immer besonders gut erinnern. Es hängt in unserem Haus im Flur vor dem Schlafzimmer. Es ist von 1914. Ich war 24, und ich war Soldat. Der Kaiser rief zum großen Krieg. Mit feierlichem Ernst schaue ich ein Stück an der Kamera vorbei, mein kleiner Schnurrbart ist an den Enden nach oben gezwirbelt, die Uniform mit dem hohen Kragen und den Schulterstücken sitzt prächtig. Es ist ein Oberkörperbild, der Oberkörper wächst aus einer sepiabraunen Wolke, ein bisschen wie ein Gemälde in Schwarz und Weiß mit ein wenig Braun. Es wurde in einem Fotostudio gemacht, und es dauerte fast so lange, als wäre es gemalt worden.

Ich habe viel von meinem Vater auf diesem Foto - auch ohne Vollbart und Falten im Gesicht. Seinen Blick habe ich wohl geerbt, die großen fleischigen Ohren und die kleinen Ringe unter den Augen ebenfalls. Mein Vater fand damals, ich sei nun ein richtiger Mann. Er war stolz auf mich, ich habe es gemerkt, denn das gab es ja nicht so häufig. Und ich glaubte dankbar an den Kaiser, fast wie er. „Es gehört sich so", hätte er gesagt. Ich glaubte auch an einen gerechten Krieg und eine wichtige Mission, das musste mir nicht mal mein Vater sagen, dass sich das so gehört. Was wusste ich schon? Was wussten wir schon? Und was wollten wir wissen?

Als wir zum Bahnhof zogen, winkten die Menschen am Straßenrand, es war ein herrlicher Tag, der Himmel war wie aus blauem Stahl, die Vögel sangen zu unserem Abschied, die Luft roch so nach Leben. Bei Sternefelds winkte Lene aus der Küche. Das machte mich verlegen und glücklich zugleich, ich fühlte mich herausgehoben und war mal mehr als nur ein Schmied. Jedenfalls wollte ich das glauben. Ich marschierte in einer Reihe mit Gerd Look, Hubert Küppers und Fritz Stift.

Vor zehn Jahren waren wir noch zusammen in die Volksschule gegangen. Jetzt zogen wir nach Frankreich und waren richtige Männer. Am Bahnhof hielt Bürgermeister Leonhard Dreschers eine Rede. Er sprach viel vom Vaterland, von Stolz, von Ehre, sein Gesicht glühte vor Anstrengung und Feierlichkeit, Schweißperlen rannen über die Stirn, und die Stimme überschlug sich manchmal. „Es ist ein heiliger Krieg", sagte er, „ein Krieg der Gerechten. Ihr zieht ins Feld, weil unser Kaiser zu seinem Wort steht. Wir sind stolz auf euch, und er ist sicher auch stolz auf euch. Mit ihm rufe ich: Man drückt uns das Schwert in die Hand. Neider überall zwingen uns zur gerechten Verteidigung, ich kenne keine Parteien mehr, nur noch Deutsche - und Gocher." Es gab großes Hurra.

Ich war zu aufgeregt, mir alles zu merken. Auf dem Bahnsteig stand dampfend die Lokomotive und der Zug. Blumen wurden uns ins Abteil gereicht. Manche Mädchen, manche Mütter weinten ein bisschen. Aber nur ein bisschen. Meine Brust hob und senkte sich in einem feierlichen Gefühl von Größe. Eine Kapelle spielte zum Abschied.

Es war später Sommer, und wir waren alle sicher, spätestens zu Weihnachten wieder zurück zu sein. Wir stellten uns einen Ausflug vor, einen Ausflug mit ein paar Härten und Unannehmlichkeiten, aber nichts, was einen um den Schlaf bringen würde. Den Schlaf der Gerechten. Oh weh.

Die alten Helden aus dem Kriegerverein bestärkten uns in der Siegesgewissheit. Zweifelnde Gesichter sah ich nicht. Hunderttausende in ganz Europa zogen so zur Front in diesem Jahr. Alle ohne Zweifel, alle im Vertrauen auf ihre Ordnung, auf Gott, ja auch auf Gott, alle ein Werkzeug. Alle waren wir am Ende nur Material auf einem blutigen Schlachtfeld, dem Spielfeld der Mächtigen. Aber das konnten wir uns nicht vorstellen. Wir wollten es uns nicht vorstellen. Wir waren voll Begeisterung, voll finsterer Begeisterung, wie man so sagt. Heute glaube ich, dass diese Kampflust ohne Bedenken in den Menschen steckt, vor allem in den Männern. Männer bewahren damit das Böse in der Welt, weil sie zu wenig nachdenken, wenn sie sich stark fühlen, und Dinge tun, die sich nicht tun würden, wenn sie nachgedacht hätten. Heute denke ich viel nach, und ich habe keine Kraft mehr. Auch keine mehr, um gegen das Böse zu kämpfen. 1914 hatte ich noch überhaupt keine Vorstellung vom Bösen. Aber das sollte sich ändern. Sehr schnell.

Man hat uns nicht lange ausgebildet. Die Handhabung des Gewehrs, den Umgang mit dem Bajonett, das Ausheben eines Unterstands, militärische Formeln und die Rangabzeichen haben sie uns beigebracht, das Marschieren und das Gehorchen. Das war einfach, vor allem das Gehorchen, das hatten wir alle gelernt, schon lange vor dem Militär. Widerworte kannten wir nicht, wir waren daran gewöhnt, auf Männer zu hören, die höher standen als wir. Die Lehrer in der Schule, mein Vater in der Schmiede, nun die Unteroffiziere. Neu war, dass wir strammstehen und nach Befehlen „Jawoll, Herr Unteroffizier" sagen mussten.

Nach ein paar Wochen schickten sie uns nach vorn an die Front. Je näher wir kamen, desto häufiger passierten wir verlassene, zerstörte Dörfer. Für mich sah das alles schon bald nicht mehr nach Ausflug aus. Und auch die Kameraden im Abteil wurden manchmal still. Bei den Trümmern der Häuser dachten sie an zu Hause, die leeren Felder ließen sie trocken schlucken. Wir wussten ja, was es mit leeren Feldern auf sich hat. Wir fühlten uns nicht wohl in unserer Haut. Mit ein paar Witzchen verscheuchten wir solche Gefühle. Aber sie lauerten von da an.

An die Front schickten uns die Gocher Briefe. Die Zeitungen, schrieben sie, nannten unseren Krieg einen vaterländischen Krieg. „Passt auf euch auf", schrieben sie, „aber ihr seid ja bald wieder da." Die Zeitungen hatten viele Erfolge gemeldet. Die Stadtoberen sandten Ehrengaben, Zigarren, Tabak, Schokolade. Sie behandelten uns in ihren Briefen wie 600 Männer, die zu einem großen

Sportfest gefahren sind. Auf eine grausige Weise benahmen wir uns auch so.

Bis die ersten Kameraden tot in den Schützengraben zurückfielen, bis ich das erste Mal dieses Schreien hörte, wenn einer getroffen wurde, und bis ich einen sah, der plötzlich nur noch einen rotschwarzen Stumpf hatte, wo gerade noch sein Arm gewesen war, hielt ich das vielleicht auch für einen Sport, das Schießen, das Zielen, das Ausharren. Aber bald war es nur noch Töten, dumpfes Töten. Da waren wir alle gleich. Und obwohl ich mir Gedanken machte, ob das alles wohl richtig ist, hörte ich nicht auf. Gedanken entschuldigen nichts. Ich ahnte es wohl schon, dass ich keine Entschuldigungen finden würde, später, als alle um Entschuldigung bettelten vor sich selbst. Die meisten nur vor sich selbst. Wen hätten sie sonst um Entschuldigung bitten können: die Toten?

Der Ablauf wurde zur grausamen Routine: Angriff, Gegenangriff, Schießen, Granatenwerfen, Töten, Gefangennehmen. Wir waren schon froh, wenn wir hinter den Schützengräben mal auf Stroh liegen konnten, das noch nicht völlig durchweicht war und nicht ganz so roch wie der Misthaufen vom Bauer Braam zu Hause. Das Größte war eine Gefechtspause in den Rückzugsräumen, eine Nacht zum Schlafen, vielleicht ein Feuer, an dem die Uniform getrocknet werden kann.

Das war unser kleines Paradies nach Angriffen über Felder und Wiesen, die voller Matsch waren, in denen die Stiefel festklebten und über denen der Gestank verwesender Leichen in der Luft hing. Nach den Angriffen klaubten wir die Verwundeten aus dem Feld, manche schrien, manche wimmerten, viele schwiegen mit weit aufgerissenen Augen. Im Lärm um mich herum wurde es manchmal ganz still, als wenn die Zeit anhalten würde. Die Bilder aus dem Feld klebten sich in meinen Kopf und die Erinnerung an den Gestank.

Wenn es ging, teilten sie uns der Herkunft nach ein. Sie versprachen sich davon mehr Zusammenhalt und mehr Opferbereitschaft. Zumindest sprachen wir dieselbe Sprache, wir untereinander meist Gochs Platt. Denn ich lag mit einer Gocher Gruppe in einem Schützengraben in Nordfrankreich. Er war ordentlich befestigt und verzweigte sich nach hinten in einem weiten System von Gängen und Schlaf- und Aufenthaltsräumen. Wir begaben uns auf ein Feld, auf dem es keine Menschen mehr gab, nur Soldaten und Soldatenpferde und tote Soldaten und tote Soldatenpferde. Im Gefechtsfeuer zog oft Nebel auf, die Pferde und die Landschaft wurden grau. Wenn Gasalarm gegeben war, trugen auch die Pferde Gasmasken. Sie sahen dann nicht mehr wie Tiere aus, eher wie Maschinen, die irgendein Verrückter gebaut hat.

Manchmal sahen wir Krähen, die mit ihrem schwarzen Gefieder wie Boten des Teufels aussahen. Kam man ihnen zu nah, blickten sie einen mit ihren kleinen schwarzen Augen vorwurfsvoll an, hüpften auf zwei Beinen zur Seite oder flogen kurz davon. Wenn für sie die Gefahr vorbei zu sein schien, kehrten sie zurück, drehten den Kopf mal zur einen, mal zur anderen Seite, damit sie besser sehen konnten, und blickten einem richtig herausfordernd in die Augen. Und wenn sie sich sicher fühlten, marschierten sie mit weiten Schritten über das Feld, wie Paradesoldaten marschierten sie.

Krähen begleiteten uns bis in die vorderste Linie. Nur wenn es laut wurde, verschwanden sie. Ich glaube, sie sprachen miteinander, und sie kamen immer in großen Scharen, sobald es leise wurde und mal wieder genug gestorben worden war.

Wie große Kaninchen mit Pickelhaube und Bajonett wühlten wir uns in die französische Erde, wir hatten längst gelernt zu töten, ohne zu fragen. Und anfangs schoben wir uns fast täglich ein Stück weiter vor. Das nährte die Aussicht auf ein schnelles Ende.

„Nikolaus feiern wir zu Hause", sagte Herbert Jansen, der Anstreicher mit den rosigen, bartfreien Wangen, der immer aussah wie ein großer Junge, der bald nach Hause zum Abendessen muss, auf jeden Fall, bevor es dunkel wird, „dann liegen die Franzosen im Meer."

Er polierte sein Bajonett, als hätte er sein Lebtag nichts anderes gemacht. Ich hatte schon seit den ersten Gefechten meine Zweifel. Aber ich sagte nichts.

Niemand beschäftigte sich laut mit dem Gedanken an eine Niederlage. Wir hielten Franzosen und Engländer für schwach, weil man uns das so erzählte. Die Offiziere sagten: „Sie sind uns moralisch und physisch unterlegen." Es hieß, dass jede Nacht zehn, 15 Mann mit erhobenen Händen kamen, um sich gefangen nehmen zu lassen. „Der Sieg für Franzosen und Engländer ist bei der Stärke und der moralischen wie physischen Kraft unserer Armeen vollständig unmöglich. Der gerechte Gott, der immer mit den Deutschen war, wird die Schlacht schon in die gerechte Bahn lenken", sagte ein Leutnant beim Gottesdienst in den hinteren Linien.

Ich sagte zu Herbert: „Das denken die Engländer und Franzosen doch auch. Haben die denn keinen Gott?"

Herbert schaute mich an, als wenn ich nicht ganz richtig wäre. So etwas dachte man nicht einmal.

Doch er hatte sich getäuscht. Wir waren weder Nikolaus noch Weihnachten in der Heimat. Es wurde ein jahrelanges stumpfes Schlachten. Am Ende hatten wir alle vergessen, was eigentlich der Anlass war, wir machten einfach weiter, wie Maschinen, die man nicht abgestellt hat, die man vergessen hat auf diesem abgestorbenen Feld in Nordfrankreich.

„Der Zweck des Kampfes ist allein der Sieg", sagte ein Major. Seine Stimme schnarrte, mit dem Monokel sah er aus wie eine Karikatur, und er verzog sich schnell wieder in die hinteren Linien. Vorn waren wir allein mit den unsinnigen Durchhaltebefehlen der

Offiziere, die ihren Rang und ihre Befehlsgewalt allein adliger Abstammung verdankten. Nach ihren Fähigkeiten fragte niemand. Sie waren geborene Offiziere. Ich fing an, darüber nachzudenken, ob stimmte, was mein Vater immer sagte: „Jeder steht an seinem gerechten Platz." Wer kann das für gerecht halten, dieses Morden um jeden Preis und diese Idioten mit Befehlsgewalt.

Der Mann ein paar Betten weiter ist eingeschlafen. Vielleicht war ich auch eingedöst. Ich habe sie jedenfalls nicht kommen hören. Wenn ich den Kopf ein bisschen drehe, sehe ich den Mond durch eines der Fenster. Er ist groß und rot, ein Blutmond, es muss früh in der Nacht sein. Der Mondschein wirft Schatten auf die Zimmerdecke, ich sehe Figuren wie in einem Scherenschnitt, den ich mal auf der Kirmes gesehen habe; lange, zerbrechlich wirkende Figuren mit schlackernden Gliedmaßen. Hier ist es gruseliger als auf der Kirmes.

Ich liege zehn Kilometer von meinem Haus entfernt und fühle mich wie in einer Zwischenwelt, vielleicht ist es das Fegefeuer, von dem die Priester immer erzählt haben, vielleicht werde ich doch einmal erlöst. Den Garten um die Backsteinhäuser kann ich nicht sehen, er interessiert mich auch nicht. Wenn ich die Vögel draußen singen höre, stelle ich mir vor, dass sie sich verabreden. Amseln kann ich am Gesang erkennen, auch die Nachtigall und das Tschilpen der Spatzen, die wahrscheinlich in den Hecken sitzen.

Gärten waren nie meine Sache. Zu Hause haben wir hinter der alten Schmiede einen Birnbaum und einen Apfelbaum, aber beide liegen zu oft im Schatten, sie tragen nicht viel. Seit wir keinen Hühnerstall mehr haben, der hier seinen Auslauf hatte, bin ich nicht mehr in den Garten gegangen. Else und Lene sammeln Birnen und Äpfel, die von den Bäumen gefallen sind. Lene macht Kompott oder Marmelade daraus. Else schält Äpfel für Pfannkuchen.

In der Schmiede verrostet das alte Werkzeug an der Wand, manchmal stellt ein Nachbar sein Auto unter. In einer Ecke lagern wir die Kohlen und die Briketts, in einer anderen die Kartoffeln. Die Wände in unserem Hof zwischen Schmiede und Haus und die Mauern im Garten sind weiß gekälkt. Seit Lene und ich nicht mehr auf Leitern steigen können, machen das die Enkel. Das ist alles viel weiter weg als zehn Kilometer. Ich weiß, dass ich es nie mehr sehen werde. Schmerzt es? Ja, es schmerzt.

Während ich hier liege, rieche ich den Matsch in den Unterstän-den von Frankreich, höre die Granaten kreischen und die Schreie von Verwundeten gellen. Man sagt so leicht: Das geht durch Mark und Bein. Aber man muss es einmal gefühlt haben. Es ist eine in-nere Erschütterung, der Körper zittert im Rhythmus der Schreie, der Schüsse, der Einschläge, das Blut vibriert in den Adern. Stücke von Menschen fliegen umher, rot und weiß und schwarz. Fratzen schweben über dem Gefechtsnebel, der schon lange keine Sonne mehr durchlässt. Meine Dämonen. Sie müssen mich nicht fesseln, weil sie mich ohnehin immer in ihrer Gewalt haben. Sie rufen mir zu: Du bist schuld, sie reißen mir die Augen auf, sie heulen und stechen mir ihre langen Fingernägel in die Seite. Sie haben rote Augen, und sie stinken. Die Spritze schaltet sie manchmal ab. Es ist dann wie ein schöner Tod für ein paar Stunden. Hätte es mich nur erwischt vor Verdun. Dann wäre mir der Rest erspart geblie-ben, diese Nächte voller Angst, das Zittern, das Zischen im Kopf. Auch das hier, die Fesseln, die Knüffe, die Gewalt der Ungeduldi-gen, diese Entwürdigung, dieses Anstaltsbett, diese Endstation aus Backstein mit gefliesten Böden.

## 13 Der Krieg friert fest

Kurz vor Weihnachten 1916 liegen wir immer noch in unserem Loch in Frankreich. Niemand denkt mehr an einen kurzen Ausflug mit ein paar Härten. Der Krieg ist längst festgefroren in den Unterständen, in denen wir hausen wie große, graue Tiere in unseren verdreckten Uniformen. Immerhin ist es nicht mehr so matschig wie im Herbst, als die Uniform nie trocken wurde. Jetzt ist sie nur steif vom Schmutz. Einer erzählt, unsere Regierung habe auf Druck der Amerikaner eine Friedenskonferenz angeregt. Sie kommt natürlich nicht zustande, weil die Generäle keine Schwäche zeigen wollen. Das ist sicher auch im Sinne des Kaisers, der mit Schwächlingen nichts anfangen kann. Die Soldaten fragt keiner, die Zivilbevölkerung auch nicht. Meine kleine Schwester Else schreibt mir einen Brief. „Lieber Robert", schreibt sie in ihrer runden Schönschrift, „wir haben oft Hunger. Komm doch zurück."

Ich lese den Brief am Abend auf meinem Strohsack in den Rückzugsräumen und muss ein bisschen weinen. Das überrascht mich selbst, und ich schäme mich. Zum Glück sieht es niemand. Ich weine auch um Herbert Jansen, der Nikolaus vor zwei Jahren schon wieder zu Hause sein wollte. Er gehörte zu meinem Trupp, der vorgestern in der Nacht die feindlichen Linien erkunden sollte. Es war Neumond und eine richtig schwarze Nacht, gut für unser Vorhaben. Wir kamen ordentlich voran, aber dann berührte einer den Stolperdraht, der vor den Linien gespannt war. Sekunden später wurde es taghell, ein Maschinengewehr nahm uns unter Beschuss. Ich schrie „Deckung", aber für Herbert kam das zu spät. Die Schüsse schüttelten seinen Körper mit dem Kindergesicht, das nie alt werden sollte.

Wir versuchten ihn zu bergen. Aber das Maschinengewehrfeuer hielt uns davon ab. Wir rannten wie die Hasen im Zickzack zurück zu unserem Graben. Wir sprangen hinein, und noch im Sprung erwischte es auch Heinrich Gawliczek, den wir den Polen nannten. Seine Eltern stammten tatsächlich aus Polen, er war wie sein Vater Bergmann in Bottrop. Und er spielte in den ersten Monaten abends immer Mundharmonika. Als er in den Graben fiel, guckte er uns in einer Mischung aus Staunen und Schmerz an, sein Gesicht viel älter als 20 Jahre, kantig, verdreckt, auf dem Weg in eine andere Welt. Hat er es dort besser? Wahrscheinlich. Wir konnten ihn immerhin begraben. Zu sechst waren wir gegangen, jetzt waren wir noch vier.

„Welcher Idiot hat die Drähte übersehen?", brüllte ein Unteroffizier. Sie mussten mich festhalten, dass ich nicht auf ihn losging.

Ich weine nicht oft, ganz bestimmt nicht. Nicht nur, weil mein Vater mich so erzogen hat. „Jungs weinen nicht", hat er gesagt. Ich finde Weinen überflüssig, es macht einen noch schwächer, und es hilft nicht. Also lasse ich es meistens, und wenn ich mal weine, will ich auf keinen Fall dabei gesehen werden. In Frankreich zeigen wir alle kaum mal Gefühle, das haben wir uns schon lange abgewöhnt. Das Töten, das Sterben ist Alltag, gegen die Schreie schützt ein Panzer aus Stumpfheit. Manchmal reißt er ein Stück ein, wie bei Herbert oder dem Polen. Meistens bin ich ein Rad in der Maschine, ohne eigenen Antrieb. „Jeder an seinem gerechten Platz." Ich wünschte, mein Vater könnte fühlen, was ich hier fühle, diese dumpfe, viehische, rohe Aussichtslosigkeit. Vielleicht würde es ihm vergehen, von Kaisertreue zu reden. Vielleicht. Wir reden schon lange nicht mehr davon. Ich glaube, wir denken nicht mal. Wir sind wie Tiere. Mit einem Unterschied: Die würden sich so etwas nicht antun.

Die Kälte frisst sich durch den ganzen Körper. Die Hitze der Schmiede kann ich mir schon nicht mal mehr vorstellen. Nach ein paar Stunden Schlaf sind Hände und Füße steif, und mehr als ein paar Stunden gibt es nicht. Die Uniform ist klamm, ich schiebe mir alte Zeitungen in die Hose. Es lohnt sich nicht mehr, die Nachrichten zu lesen. Wir wissen alles besser.

Von Edelmut und Heldentum wie in den alten Geschichten habe ich immer noch nichts gesehen. Wir sind ein dreckiger, stinkender Haufen voller Wut, immerhin noch voller Wut. Wir hassen unsere Vorgesetzten, die selbstgerechten und ahnungslosen Offiziere, ihre Befehle, den Krieg, den Feind, uns selbst. Hass und Wut halten uns am Leben.

Das Loch, in dem wir seit Wochen liegen, gehörte mal den Franzosen. Wir haben es genommen, als es hieß, dass wir gut vorankommen, die Franzosen hatten es auf ihrem Rückzug verlassen. Da glaubten die meisten noch an einen Sieg, es schien alles so leicht. Nun ist die Front erstarrt wie der Boden, zwischen den Schützengräben sieht es aus wie auf dem Mond. Vögel singen hier bestimmt nicht mehr, nur die Krähen krächzen gelegentlich ihr tödliches Lied. Aber auch sie bleiben meist in den hinteren Linien. Wir haben gründliche Arbeit geleistet, auf beiden Seiten. Der Nachschub reicht weder für Angriffe noch für eine vernünftige Versorgung. Es heißt, die Generäle hätten Truppen abgezogen und nach Russland geschickt. Uns sagt man nichts.

Wir probieren manchmal aus, wie aufmerksam der Feind noch ist. Wir halten einen Helm an einem Stock über den Schützengraben. Der Helm wird mit Schüssen durchsiebt. Ein paar Löcher zeigen den ganzen Unsinn. Die Helme halten wenigstens ein bisschen mehr aus als die Pickelhauben, mit denen sie uns hergeschickt hatten. Mit einem Steinwurf konnte man die zertrümmern. Sie stammten aus einer anderen Zeit, wie wir. Sie waren wie wir, stolz, einfältig und verletzlich. Den Stolz haben sie uns genommen. Auch den Stolz. Gegen die Verletzlichkeit panzern wir uns mit Gleichgültigkeit. Aber dieser Panzer ist brüchig. Meine Nächte erzählen mir davon.

Gestern haben sie den nächsten Trupp in der Nacht auf Erkundung geschickt. Zurückgekommen ist niemand. Hoffentlich schicken sie uns nicht noch einmal über dieses Feld. Erstaunlich, wie sehr irgendetwas tief in uns doch noch weiterleben will, trotz der Kälte, der Aussichtslosigkeit, dieser Barbarei. Ganz selten denke ich auch mal an Goch, an diese andere Welt, die ich zurückgelassen habe vor ein paar Jahren, die wie Jahrzehnte sind. Ich denke an die Schmiede, den Marktplatz, die große Magdalena-Kirche und die Niers. Komisch, ja, ich denke an die Niers und die Landschaft, durch die sie fließt. Die Landschaft ist grün, am Ufer der Niers stehen Weidenbäume.

Beim Rasieren sehe ich im Spiegel trübe Augen. Sie liegen tief in den Höhlen. Ich fühle mich wie ein Monstrum aus einem schrecklichen Bilderbuch - nicht nur, weil ich so dreckig bin, so abgerissen, so gemein. Ich tu meine mörderische Pflicht, so wie alle anderen.

Vielleicht kommen wir doch noch mal nach Hause. Vielleicht werden wir hier begraben, in gefrorener Erde, vielleicht sind wir schon in der Hölle. Häufig glaube ich das. Die Teufel in dieser Hölle sind wir selbst. Die kleinen Streiche mit meinen Freunden Heini und Jupp liegen gerade mal sieben, acht Jahre zurück. Sie kommen mir vor wie aus einem anderen Universum. Oft will ich glauben, dass das alles gar nicht wahr ist. Aber es gelingt mir nicht. Natürlich nicht.

„Wer hofft, der bleibt am Leben", sagt Wilhelm, der Schwarze. Er kommt aus Berlin, hat pechschwarzes Haar und lange Wimpern über braunen Augen. Er hatte bestimmt Schlag bei den Frauen, er sieht jetzt noch aus wie ein Filmstar, obwohl er genauso abgerissen ist wie wir alle. Er ist abgerissen schön. Es hilft ihm hier nur nicht. Als wir noch Witze gemacht haben, hat er uns Gocher „kleine Landeier" genannt. Wir machen schon lange keine Witze mehr. Und der Schwarze erzählt auch nichts mehr von den Straßenbahnen, von den S-Bahnhöfen, von Häusern, in denen mehr Menschen leben als bei uns in einer ganzen Straße, vom Biergarten am Prenzlauer Berg, in dem am Sonntag Musikkapellen spielen, vom Kaiser-Wilhelm-Denkmal am Stadtschloss, von den Gaststätten in Charlottenburg oder von Automobilen, die überall fahren, wo gerade Platz ist, so dass man als Fußgänger aufpassen muss, wenn man über die Straße geht. „Ihr habt ja keene Ahnung, ihr Landeier mit euren Pferden und Karren", hat er früher gesagt. Jetzt wissen wir alles. Das Leben ist dreckig, nass, eiskalt. Und es riecht furchtbar.

# *14 Der Kaiser ist nun in Holland*

1918 hat der Kaiser abgedankt, und ich war schon lange nicht mehr kaisertreu. Ich wäre bestimmt nicht mehr zur Boxteler Bahn gelaufen, wenn der Zug mit Wilhelm II. und seinem Hofstaat von Berlin nach Holland durch unsere Stadt fährt. Vor dem Krieg stellten wir uns an die Gleise und jubelten Waggons zu, die mit verhängten Fenstern vorbeifuhren. Neun Wagen waren für den Kaiser reserviert, sein eigener Salonwagen war 20 Meter lang. Hinter den Vorhängen ahnten wir Glanz und Prunk, aber hineinschauen ließen sie uns nicht. Wahrscheinlich sangen wir „Heil dir im Siegerkranz". Viele riefen „Hurra!" und schwenkten die Hüte. Der Kriegerverein, geschlossen angetreten, salutierte mit der rechten Hand, in der anderen Hand den Zylinder.

Angehalten hat der Zug hier nie, auch 1901 nicht. Ich erinnere mich, dass der Kaiser damals vor und nach der Beisetzung seiner Großmutter, der englischen Königin Viktoria, mit seinem Zug Goch passierte. Er soll jedenfalls in einem der Prunkwagen gesessen haben. Das erzählten sich die Gocher, und sie fühlten einen majestätischen Glanz auf der Stadt, wenn sie davon erzählten. Ich fühlte das auch und war sehr aufgeregt. Es war erhebend, schließlich war ich dabei. Kaiser waren wie Wesen aus einer anderen Zeit, wie in einem wirklichen Märchen. Diese Zeit fing an unterzugehen. Aber das wussten wir nicht.

Sein Kronprinz reiste mit dem normalen Schnellzug, der 25 Minuten am Bahnhof stand. Die Bahnhofswirtin Bremer servierte ihm einen Imbiss, wir applaudierten. Den Kronprinz haben wir tatsächlich am Fenster gesehen, aber ausgestiegen ist er nicht, vielleicht hat er gewinkt. Sehen konnte man das nicht.

Natürlich hatte die Zeitung die Majestäten angekündigt. Meine Mutter hat mir erzählt, dass früher auch der Zar oder russische Adlige auf ihren Reisen durch Europa über den Boxteler Bahnhof fuhren. Sie hat einen Zeitungsausschnitt aufgehoben aus der Zeit, als ich erst drei Jahre alt war. Der Zeitungsausschnitt lag in einem Buch mit Rezepten im Küchenschrank. „Mit dem Londoner Schnellzug 11.13 Uhr traf heute Seine Königliche Hoheit der Großfürst und Thronfolger von Rußland hier ein und setzte nach Begrüßung durch den Abgesandten des Kaisers, Graf von Schwerin, die Reise fort in einem Hofzug, welchen Seine Majestät der Kaiser gesandt hatte. Es hatte sich eine unzählige Menschenmasse eingefunden - welche indessen nur den prachtvollen Hofzug sah. Der Großfürst verblieb in seinem Salonwagen." Meine Mutter hat es mir laut vorgelesen. Ich glaube, ich hätte Salon in der Schule Sallong geschrieben, weil meine Mutter Sallong sagte. Aber in der Schule war von Salons keine Rede. Dennoch hatte ich zu Hause gelernt, dass Goch zur Weltgeschichte gehörte. Sonst hätte die Zeitung ja nichts davon geschrieben.

Als der Kaiser nach Holland ins Exil fuhr, wusste niemand etwas davon. Die Zeitungen verschwiegen es, ob er über den Boxteler Bahnhof nach Holland fuhr, war einerlei. „Heil dir im Siegerkranz", hätte in Goch keiner mehr gesungen. Ich sicher nicht. Meine Ehrfurcht war auf dem Schlachtfeld und in den Schützengräben von Frankreich geblieben. Mit meiner Jugend, meinen Illusionen und einem guten Glauben an die Menschheit. Die Welt war anders geworden nach dem verlorenen Krieg und ich in ihr. Ich fand sie nicht mehr in Ordnung. Das war vielleicht das Schlimmste, es fehlte die Ordnung, nichts war gerecht an diesem Krieg gewesen, dieser Schlachterei und der Hungersnot, die ihm folgte. Und ich zweifelte, ob das gottgegeben sein könnte, was für ein Gott konnte das wollen? Darüber konnte man mit niemandem reden. Die ehemaligen Soldaten waren zu abgestumpft. Sie hatten ihren Gott verloren, wenn sie denn überhaupt einen hatten, bevor sie nach Frankreich oder Russland gegangen waren. Die Priester konnten es sich nicht vorstellen, wie das in den Gräben war, und sie schauten lieber salbungsvoll und traurig drein. Und die Familienangehörigen wollten es sich nicht vorstellen. Für sie war das sicher besser. Ich blieb allein mit meinen Zweifeln, bis heute bin ich damit allein geblieben.

Die Schmiede warf in den ersten Nachkriegsjahren nicht mehr genug ab, die Menschen hatten kein Geld für ausgefallene Dinge, und von ein paar Hufeisen und dem Beschlagen konnten wir nicht leben. Mein Vater betrieb die Schmiede in der Regel allein, ich half nur am Nachmittag und Abend, die Gesellen waren entlassen. Ich fand Arbeit als Schlosser bei der Margarinefabrik Jurgens und Prinzen. Es war eine gute Arbeit, und ich vermisste die Schmiede meistens nicht, wenn ich etwas reparieren durfte oder dafür sorgte, dass alles reibungslos lief. Das fand ich am schönsten, wenn alles reibungslos lief, wenn ein Rädchen in den großen Maschinen in das andere griff, wenn sich die Kolben hoben und die Bänder streckten, wenn die Scharniere gut geschmiert ineinandergriffen. So musste das sein. Dann vergaß ich alles andere.

Die Arbeit lenkte ab von der Erinnerung an Frankreich. Und auch die Stadt fing an, den Krieg langsam zu vergessen. Die Gocher gewöhnten sich an den Anblick von Kriegsversehrten, bald dachten sie dabei nicht mehr an den Schützengraben, sondern sie dachten nur: „Armer Mann." Fast jede Familie hatte Opfer zu beklagen. Viele kamen nicht unversehrt aus Frankreich oder Russland zurück, sehr viele kamen gar nicht zurück. Die Stadt ließ Erinnerungstafeln zum Gedenken an die Helden und Gefallenen anbringen. Ich wollte mich lieber nicht erinnern. Und ich fand das ganze Schlachten und Sterben überhaupt nicht heldenhaft. Das konnte ich aber keinem erzählen. Arbeitslose bauten den Stadtpark, damit sie etwas zu tun hatten. Das Geld wurde immer weniger wert. Unsere Zeitungen schrieben, dass die radikalen Parteien in den Städten immer stärker werden, sie schrieben von Straßenschlachten in Berlin.

Bei uns auf dem Land war alles halb so wild, es gab immer etwas zu tauschen, und meistens gab es ordentlich zu essen. Ich interessierte mich nicht für Politik, die meisten Gocher auch nicht. Von Parolen hatte ich die Nase voll.

# 15 Der Rhythmus der Maschinen

In der Inflation der 20er Jahre war die Schmiede wieder wichtiger geworden. Die Bauern und der Milchmann zahlten mit Kartoffeln und Lebensmitteln, die es für die Scheine bald nicht mehr gab - vor allem nicht genug. Wir hungerten zumindest nicht. In den Städten sah das wohl anders aus. Man erzählte sich furchtbare Geschichten - die Eisenbahner, die bis Düsseldorf und Duisburg kamen, die Zeitungen, die das bei anderen Zeitungen abschrieben. Aber das war weit weg.

Obwohl der Lohn eigentlich nichts wert war, arbeitete ich gern weiter in der Fabrik. Ich staunte noch immer wie ein Kind über die großen Maschinen, die Schwungräder, die Verladekräne, die surrenden Bänder. Ich sorgte dafür, dass sie in Schwung blieben. Und wenn alles gut lief, dann hatten sie einen Rhythmus wie Musik. Das war meine Musik. Es ist meine Musik geblieben. Mit richtiger Musik kann ich nichts anfangen, mit Schlagern nicht, mit Volksliedern nicht, mit Klassik schon gar nicht. Da bin ich völlig anders als meine Schwester Else. Sie würde am liebsten von morgens bis abends Radio hören. Zum Glück haben wir in der Küche keins. Sie hat je eines in ihrem kleinen Wohnzimmer und in ihrem Schlafzimmer. Unsere Wände sind ziemlich dick. Das ist gut so, denn Else hört auch nicht mehr so gut. Deshalb dreht sie ihre Radios immer laut auf.

Sie hört Schlager und Operetten. Wenn niemand dabei ist, singt sie laut mit. Ich höre es manchmal und muss dann tatsächlich lächeln, auch wenn ich die Lieder furchtbar finde. Lene hält es wie ich, sie kann der Musik nichts abgewinnen. Sie beklagt sich jedenfalls nicht darüber, dass wir in der Küche kein Radio haben oder im Wohnzimmer keinen Plattenspieler wie mein Schwiegersohn, der Kinobesitzer. Er hat eine richtige Truhe im Wohnzimmer, mit

einem Radio und einem Plattenspieler. Auf den Platten ist Tanz-
musik oder Schlagermusik von Peter Alexander oder klassische
Musik. Die Platten stecken in einer Papierhülle und die Papierhülle
in einem bunten Karton. Ich hätte zu Hause nicht einmal ein Gram-
mophon erlaubt, wie es ein paar meiner Kollegen aus der Fabrik
schon nach dem ersten Krieg hatten. Obwohl ich den Mechanis-
mus sehr interessant fand, wie mit der Kurbel die Platte in Bewe-
gung gebracht wurde und eine Nadel die Töne übertrug. Aber das
krächzende Geräusch, das dann aus dem Schalltrichter erklang,
gab mir nichts. Es machte mich nervös.

Ganz anders als der Rhythmus der Maschinen in der Fabrik. Er
beruhigte mich. Und ich konnte jeden Missklang sofort ausma-
chen. Missklänge habe ich meistens beseitigt. Dann fühlte ich
mich gut.

Ich ging stolz zur Arbeit in die Margarinefabrik von Jurgens
und Prinzen. Es war das größte Unternehmen in der Stadt. Es
stammte aus den Niederlanden und baute 1895 seine große Fabrik
in Goch. Sie hatte einen direkten Bahnanschluss. Wir machten
richtige Marken von Welt, Solo, Rheinperle, Cocosa und Rahma.
Die Rahma klang der Gewerbeaufsicht zu sehr nach Butter, sie
verbot den Namen. Als Rama wurde sie zum großen Erfolg, da
kann man sehen, dass es auf einen Buchstaben gar nicht ankommt.
Diese Margarine gibt es heute noch. Sie wird jetzt bei van den
Bergh in Kleve hergestellt, die Firmen gingen irgendwann nach
dem Krieg zusammen. Ich habe später auch bei van den Bergh als
Schlosser gearbeitet, obwohl es Gochern schwerfällt, ausgerechnet
in Kleve das Geld zu verdienen. Die Klever sind als Kreisstädter
schon eingebildet genug, da muss man nicht auch noch zum Arbeiten da hinfahren. In Goch und Kleve nannten wir die Margari-
nefabriken „de Botter". Wer „op de Botter" arbeitete, der hatte es
gut. Das ist bis heute so.

Unser Firmengründer Rudolf Jurgens wurde ein berühmter Mann, er führte von 1938 bis 1941 als Vizepräsident den Unilever-Konzern, da lebte er schon lange in Rotterdam.

## 16 Lene kommt näher

Ich war 28, und mein Vater beschloss, dass es Zeit sei, eine Frau zu suchen.

Lene war noch immer Köchin bei Sternefelds. Am Abend saßen Lene und ich nun häufiger auf der Bank vor dem Haus unserer Familie an der Voßstraße. Sie erzählte von der riesigen Küche bei Sternefelds, während die Luft sich wie Seide anfühlte und nach Lindenbäumen roch. Das war mir neu, früher hatte ich nie gemerkt, wie sich die Luft anfühlt und wie sie riecht - außer in der Schmiede, aber das war etwas anderes.

„Über dem Herd hängen bestimmt 20 Pfannen", sagte sie, „und in den Schränken steht Geschirr für eine Gesellschaft von 50 Mann. Das Besteck ist aus Silber." Ich versuchte, mir so etwas Vornehmes vorzustellen. Es war schwierig. In unserer Küche saßen auch mal zehn Mann, wenn die Gesellen in der Mittagspause mitaßen, aber jeder hatte nur einen Teller, und Silberbesteck gab es Weihnachten - und dann nur für die Familie. Die Gesellen waren mit einem Löffel oder einer Gabel zufrieden. Es gab oft Bratkartoffeln oder einen Eintopf. Die Gesellen hatten immer großen Hunger. Bei Sternefelds wurde bestimmt nicht so viel gegessen. Die Arbeit im Büro macht nicht so hungrig wie die Arbeit in der Schmiede, da war ich sicher.

Mit Rika Rotthoff machte Lene den Sternefelds zum Frühstück kalte Platten mit Brötchen, die im Ofen gebacken wurden. Die Brötchen wurden vor dem Backen mit Eigelb bestrichen, damit sie schön braun werden. Fritz Sternefeld musste seinen Kaffee immer lauwarm haben, damit er ihn im Stehen stürzen kann, bevor er ins Kontor der Fabrik stiefelt. Die Kinder bekamen Kakao. Das Kindermädchen brachte sie danach zur Schule. Zu Mittag gab es fast jeden Tag Fleisch, die Köchinnen und Dienstmädchen aßen in einem eigenen Raum neben der Küche. Mit den religiösen Vorschriften hielten es die Sternefelds nicht so genau. Sie gingen auch selten in die Synagoge.

„Die Sternefelds sind sehr freundlich", sagte Lene. Sie hatte Kost und Logis frei, und ihr Zimmer war unter dem Dach. Lene war zufrieden.

Ich sagte meistens nichts. Aber ich fühlte mich wohl, wenn sie in der Nähe war. Sie hatte ein rundes Gesicht, kleine, kluge Augen, war immer sehr ordentlich frisiert, und den Dutt hielt ein Haarnetz. Sie roch ein bisschen nach Küche, wie frisches Brot manchmal. Ein bisschen sieht sie heute noch so aus wie früher. Der Dutt sitzt perfekt, die weiße Schürze ist frisch gestärkt. Zwischen den beiden Küchenschränken, dem Kohle-Herd und dem Küchentisch bewegt sie sich, als hätte sie jemand in ein Bild von dieser Küche gemalt. Es ist ihr perfekter Platz. Sie wackelt ein bisschen, wenn sie nach vorn in den Laden muss und stützt sich an Schränken und Treppe ab. Manche Stellen an den Schränken und der Treppe sind ganz abgegriffen. Sie ist freundlich zu den Kunden, selbst wenn die nur Kautabak kaufen oder eine Zigarre zu 20 Pfennig, oder wenn sie neue Zigaretten ausprobieren wollen und einfach ein Schwätzchen halten. Ich könnte immer noch stolz auf Lene sein. Wahrscheinlich bin ich es auch. Aber darüber rede ich nicht. Warum auch? Es ist schließlich meine Sache.

Mein Vater sagte, das ist ein nettes Mädchen. Über die Hochzeit sprach er mit Lenes Eltern. Dafür fuhr er nach Hüthum, an einem Samstag, die Schmiede blieb kalt. Ich wurde nicht gefragt, Lene wohl auch nicht, aber ich hatte nichts dagegen.

Ich rückte abends auf der Bank ein Stückchen näher, wenn Lene von Hüthum erzählte und dass der Rhein im Sommer am Abend manchmal glüht, rot und gold. Haben wir vor der Hochzeit Händchen gehalten? Vielleicht, wenn niemand in der Nähe war. Ich mochte kein Aufsehen und Zärtlichkeiten in der Öffentlichkeit erst recht nicht. Das ist so geblieben. Meinem Sohn habe ich das genau so beigebracht. Er hält sich daran. In der Verwandtschaft gibt es viele Küsser und Umarmer. Denen gehe ich aus dem Weg, so gut ich kann.

Bestimmt waren wir mal spazieren und haben der Niers von der Susbrücke aus zugeschaut, wie sie übers Wehr rauscht, die Ölmühle treibt und danach sehr bald wieder gemächlich durch die Stadt und den neuen Stadtpark fließt, den die Arbeitslosen gebaut haben. Wahrscheinlich waren wir glücklich. Ich kann mich nicht so recht erinnern, aber ich stelle es mir vor. Es kann gar nicht anders gewesen sein.

Bei der Hochzeit trug ich einen Zylinder, den ich in der Kirche selbstverständlich abnahm und in der Hand hielt - so wie es mein Vater beim Kriegerverein immer auf dem Marktplatz gemacht hatte. Die weißen Handschuhe lagen im Zylinder. Und als ich vom Pastor gefragt wurde, hab ich laut Ja gesagt und Haltung angenommen. Beinahe hätte ich salutiert. Ich war mir auf jeden Fall der Bedeutung des Moments bewusst.

Gefeiert haben wir im Stadthotel Gisbertz, mitten auf der Voßstraße. Das Hotel Rademaker auf der Bahnhofstraße konnten wir uns natürlich nicht leisten. Dort stiegen die feinen Gäste ab, die Geschäfte mit der Margarinefabrik machten. Von Rademaker konnten sie die Fabrik sehen, vielleicht half das bei den Geschäften. Ganz sicher half das. Wer bei Rademaker abstieg, der war jeden Tag so gut gekleidet wie wir bei der Hochzeit.

Aber wir hatten einen schönen Tag bei Gisbertz. Nach der Kirche gab es Suppe mit Suppenfleisch und Klößchen, Schweinebraten mit Kartoffeln und Pudding. Wir tranken dunkles Bier und süßen Moselwein, das musste so sein, und Lene kriegte rote Bäckchen. Ich glaube, sie war sehr glücklich. Ihr Vater hielt eine Rede, von der ich das meiste vergessen habe. Aber ich weiß noch, dass

er zwischendurch mal weinen musste und sich sehr laut die Nase
putzte. Er hatte Lenes kleine, kluge Augen und war ein freundli-
cher Mann. Mein Vater sah stolz aus, manchmal schaute ein kleines Lächeln durch seinen Bart und seine Augen. Mehr Lächeln, als
ich in 30 Jahren zuvor von ihm gesehen hatte. Auch er war sich
der Bedeutung des Tages bewusst. Ich hätte die Zeit gerne angehalten.

Meine Schwestern Else und Maria waren Brautjungfern. Else
war schon damals ein bisschen stärker um die Hüften, und sie hatte
einen großen Busen, das weiße Kleid wirkte an ihr komisch - vor
allem neben der kleinen und zierlichen Maria. Else weinte tüchtig,
in der Kirche und bei der Rede meines Schwiegervaters. Sie hat
ohnehin nah am Wasser gebaut. Mit den Jahren wird das immer
mehr. Heute reicht es, „ich hatt einen Kameraden" anzustimmen,
und sie heult wie ein Schlosshund. Meine Kinder und meine Enkel
ziehen sie damit auf. Ich kann nicht umhin, dann in mich hinein zu
lächeln, ganz leise, wie es sich gehört. Die Enkel lachen laut. Verbieten kann ich das nicht. „Die Verderbtheit sitzt schon im kleinen
Kind", sagt Else. Möglicherweise hat sie damit sogar recht.

Maria guckte immer ein wenig grimmig. So sprach sie auch,
manchmal hörte es sich an wie Gebell. Mit dem Weinen und der
Fröhlichkeit hat sie es nie gehabt. Wenn Else fröhlich plapperte,
wies Maria alle anderen zurecht. Sie konnte dann so streng schauen
wie unser Vater. Vor allem Else kommandierte sie den ganzen Tag
herum. Später hat sie den Holländer geheiratet, der ihre Zurecht-
weisungen offenbar gut vertragen konnte und sogar mit viel Geld
belohnte, und ist über die Grenze nach Nimwegen gezogen.

Heute besucht sie uns einmal im Jahr.

Sie lässt sich dann immer von einem holländischen Pater kut-
schieren. Die Patres sind gern zu Diensten, weil sie aus ihrem ordentlichen Erbe eifrig für das Kloster spendet, das wiederum das
Altenheim betreibt, in dem sie lebt, seit sie sich allein nicht mehr

so gut helfen kann. Else ist sicher, dass Maria für ihre Spenden einen Ehrenplatz im Himmel bekommt. Ich bin da nicht so sicher. Wahrscheinlich haben das die holländischen Patres erzählt, und Else glaubt alles, wenn es nur jemand erzählt, der mit der Kirche zu tun hat - der richtigen Kirche selbstverständlich, der katholischen.

Wenn ich die Patres beflissen um meine Schwester scharwenzeln sehe, wird mir ganz schlecht. Ich gehe dann meistens ins Bett. Das fällt nicht weiter auf, denn mich finden die Patres mit ihren schief gelegten Köpfen in unserem Wohnzimmer auch nicht so wichtig. Wenn ich im Bett liege, kann ich nicht dazwischenreden. Das finden die Patres auch gut. Ich glaube, sie sind immer ganz froh, wenn sie mit Maria wieder zurück in das Altenheim nach Nimwegen fahren können. In Goch haben sie bestimmt Angst, dass Maria der Familie etwas vererben könnte. Ich glaube, dass sie sich da keine Sorgen machen müssen. Maria ist deutlich mehr an ihrem Seelenheil als an dem Heil der Familie interessiert.

Am zweiten Weihnachtstag fährt Else nach Holland zu Maria. Früher ist sie mit dem Zug gefahren und vom Bahnhof in Nimwegen mit dem Bus bis in den Vorort Berg en Dal. Inzwischen kutschiert sie einer meiner Enkel im Auto. Dafür bekommt er ein paar Mark, Else ist nicht geizig. Sie spart ihre Einnahmen aus dem Schuhgeschäft, das sie in einem Raum mit unserem Zigarrenladen betreibt, für die Enkel, denen sie Pfandbriefe anlegt. Sich selbst kauft sie alle paar Jahre mal einen Mantel, einmal war es sogar einen Persianer, der Nerzmantel der kleinen Leute. Aber sie kann ordentlich sparen, weil Lene ihr kein Kostgeld abknöpft. Das geht in der Familie nicht. Ich hätte das auch nicht erlaubt.

Ohne Else hätte keiner ein Auto in der Familie, die größeren Enkel haben ihren Wagen alle mit einem Pfandbrief von Else bezahlt. Sie strahlte jedesmal. Ich finde, dass sie die Enkel zu sehr verwöhnt, aber ich gönne es den Kindern.

Ob ich mal mitfahren will, hat sie oft gefragt. Ich steige in die Dinger nicht ein, habe ich gesagt, ich kann ja nicht einmal auf einem Stuhl sitzen, ohne dass mir alles wehtut. Und was soll ich in Nimwegen? In einem Altenheim-Zimmer sitzen und die Wände anstarren oder mir von den Angestellten anhören, dass meine Schwester eine Wohltäterin ist? Vielleicht noch auf Holländisch? Vielen Dank.

## 17 Elses Rosenkranz

Ich habe vier Kinder.

Zwei sind im Himmel. Das sagt Lene, die sich damit auskennt. Es gibt eine Fotografie von den beiden, es sind Mädchen, die bei uns in einem ovalen Rahmen über dem Sofa in der Küche hängt. Der Rahmen glitzert golden, das eine Mädchen trägt ein Matrosenhemd mit einem weiten Kragen, weiß und blau, das andere ein Kleid mit einem gestickten Kragen, Mausezähnchen heißt das wohl. Sie haben dunkelblondes Haar, das bis knapp unter die Ohren reicht. Sie lächeln, Kinder lächeln immer beim Fotografen, weil es dafür Süßigkeiten gibt.

Sie hatten beide ein zu großes Herz. Daran sind sie gestorben, hat der Arzt gesagt. Ich konnte nicht glauben, dass jemand ein zu großes Herz haben kann. Es gab keine Medizin, die ihnen helfen konnte. Sie lagen hilflos in ihren Kinderbetten, bleich und schwitzend. Lene hat viel geweint, ich bin meistens weggegangen. Eine starb mit vier, die andere mit sechs Jahren, ganz kurz hintereinander. Lene hat bestimmt hundert Rosenkränze gebetet und Kerzen aufgestellt. Ich biss vor Wut auf meine Unterlippe, bis die ganz blau und rot wurde. Aber ich fühlte sonst nicht viel. Die Geschichte liegt ganz hinten in meinem Kopf.

Ich glaube, ich sehe das Bild der beiden gar nicht mehr, es ist in unser Haus gewachsen wie der Herd, den Lene morgens mit Brikett und Eierkohle zum Leben erweckt und dessen Kochflächen immer blitzblank gescheuert sind. Es gehört dazu wie die beiden Küchenschränke mit den geschliffenen Gläsern in den Oberteilen oder wie der kleine Schuppen am Ausgang zum Hof zwischen Haus und Schmiede. Den nennen wir „Patöllchen". Das ist Platt und kommt noch von den Franzosen.

Wenn Lene den Enkeln erklärt, dass die beiden Mädchen im Himmel sind, sage ich lieber nichts. Ich habe schon seit Frankreich erhebliche Zweifel, ob es den Himmel überhaupt gibt. Dafür hat mich der Herr gestraft. Seit ich am Himmel zweifle, schickt er mir die Dämonen, die mich quälen, die mich anschreien, die mit ihren langen Fingern auf mich zeigen. Gott gibt es also wohl doch, auch wenn ich ihn inzwischen nicht mehr für lieb halte. Und ob er sich einen Himmel leistet, weiß ich nicht. Es muss ein ziemliches Gedränge dort herrschen, wenn doch so viele irgendwann mal dahin kommen - nach dem Fegefeuer. Deshalb kann ich es mir nicht so gut vorstellen, dass der Herr sich einen Himmel leistet. Vor allem kann ich mir nicht vorstellen, dass er sich einen Himmel leistet für die, die hier seine Gesetze brechen. Davon gibt es wahrscheinlich mehr als Gesetzestreue. Ob ich in einen Himmel will, in dem schon alle sind, die ich schon auf der Erde nicht ausstehen konnte, weil sie sich an keine Regeln hielten, weiß ich nicht. Ich will es wohl nicht. Aber wenn es einen Himmel gibt, kann ich es mir ja nicht aussuchen. Bin ich gut genug für den Himmel? Nicht einmal das weiß ich.

Meine Schwester Else findet, das sei schon Gotteslästerung, so was nur zu denken. Sie hat es leichter als ich. Gott stellt sie sich immer noch so vor wie unseren Vater, möglicherweise mit einem sehr viel längeren und weißen Bart und auf jeden Fall unheimlich gütig. Selbstverständlich wohnt er im Himmel, und wir werden dort auch eines Tages wohnen. Das steht für sie fest, und daran hat sie noch nie gezweifelt. Jeden Abend betet sie auf Knien vor dem Bett einen Rosenkranz, manchmal mehrere hintereinander. „Gegrüßet seist du, Maria, voll der Gnaden." Das tut sie seit 70 Jahren, seit ich mich erinnern kann. Sie findet auch, dass unser Vater sehr gütig war. Das finden wirklich nicht alle, das finden nicht einmal viele. Ich habe Angst vor ihm gehabt, vor allem Angst. Er war doch wie Gott. Wie Gott aus dem alten Testament und wie der Gott, der mich in der Nacht leiden lässt für meine Sünden und meine Gleichgültigkeit. Der Gott, der mir meine bösen Träume geschickt hat.

Else weiß nicht einmal, was böse Träume sind. Ich verrate es ihr nicht.

Bis ich 30 war, hat mein Vater mir alle Entscheidungen abgenommen. Er hat mich in die Schmiede gestellt, er hat mich in den Krieg geschickt, er hat mich verheiratet. Das war so, ich habe mich nicht beklagt, es gehörte zur Ordnung, dass die Väter entscheiden. Wir waren nicht dazu erzogen, etwas in Frage zu stellen. Das hätte die Ordnung gestört, und das wollte niemand. Ich will es noch heute nicht, wo das alles so viel schwieriger geworden ist.

Und dann hat mein Vater Zucker bekommen, Diabetes heißt es heute. Im Wilhelm-Anton-Hospital haben sie ihm beide Beine abgenommen, er sah jämmerlich aus, ganz klein in seinem Bett mit der weißen Decke. Aber zu sagen hatte er immer noch. Seine vierte Entscheidung für mein Leben: Lene und ich müssen aus unserer Wohnung an der Kastellstraße zu ihm ins Haus ziehen, ich übernehme die Schmiede, Lene pflegt ihn.

Maria wollte nicht, sie lebte schon in Holland, und sie hat ihre Ablehnung mit grimmigem Blick unterstrichen. Das beeindruckte sogar unseren Vater. Er wäre vielleicht auch gar nicht auf die Idee gekommen, etwas für Marias Leben zu entscheiden. Sie war die einzige, die sich ihm widersetzen durfte. Warum er sich das gefallen ließ, weiß ich nicht. Else war nicht in der Lage, den Vater zu pflegen. Sie konnte nicht einmal kochen.

Das kann sie bis heute nicht, obwohl sie so gern isst und obwohl man sagt, wer gern isst, der kocht auch gut. Meine Schwester ist der Gegenbeweis. Ihre Beiträge zur Küchenarbeit beschränken sich auf Kartoffeln schälen und Geschirr spülen. Das ist auch besser so. Als Lene mal mit einem gebrochenen Arm im Krankenhaus war, hat Else versucht, für uns zu kochen. Nach dem zweiten Tag habe ich angeordnet, dass meine Schwiegertöchter uns jeden Tag etwas bringen. Ich tu in der Küche selbstverständlich nichts. Mein

Sohn und mein Schwiegersohn spülen zu Hause ab, oder sie trocknen das Geschirr und die Gläser nach dem Spülen. Für mich ist das unvorstellbar. Heute könnte ich die Gläser gar nicht mehr richtig festhalten. Aber es war auch früher unvorstellbar. Es war und ist Frauenarbeit.

Selbst wenn Else kochen könnte, war sie für die Pflege viel zu mitleidig. Vor lauter Mitleid wäre sie gar nicht zum Arbeiten gekommen. Wenn Else meinen Vater hilflos in seinem Stuhl sitzen sah, mit einer Decke über dem Unterleib, dort, wo früher seine Beine anfingen, dann weinte sie und wurde völlig hilflos. Maria kam nicht oft zu Besuch. Und wenn, dann schaute sie lieber nicht hin, wie der Vater ohne Beine in seinem Stuhl saß. Wahrscheinlich fühlte sie doch etwas und wollte das nur nicht zugeben.

Mein Vater weinte jetzt manchmal ganz still, vor allem abends, wenn wir ihn mit seinem Stuhl in die Küche geschoben hatten. Es war bestimmt das erste Mal in seinem Leben, dass er weinte. Er sah dann nicht mehr wie Gott aus, sondern nur verzweifelt. Das brachte mich in Verlegenheit, und es machte mir Angst. Oft dachte ich, dass mir so etwas ebenfalls bevorstehen könnte. Ich machte mich dann innerlich ganz hart und dachte nicht lange darüber nach, denn das machte mir noch mehr Angst. Weinerlich bin ich jedenfalls nicht geworden. Das kann niemand behaupten.

Zum Schlafen legten wir meinen Vater, das heißt: Lene legte ihn auf die Chaiselongue im Wohnzimmer. Das ist der Platz, an dem auch ich heute so oft liege. Es ist der Platz, an dem die liegen, die zu nichts mehr nütze sind. Darüber beklage ich mich ja nicht. Es ist in Ordnung.

Meine Mutter war nicht mehr ganz richtig im Oberstübchen, sie verkalkte, wie sie hier sagen. Sie vergaß, wo sie die Stricknadeln hingelegt hat, sie vergaß die Milch auf dem Herd, manchmal vergaß sie, den Herd anzumachen oder ein Brikett nachzulegen. Sie erzählte in einer halben Stunde dreimal dieselbe Geschichte, meistens eine von früher. Sie erzählte vom Kaiser und seinem „Sallong"-Wagen, der über den Boxteler Bahnhof nach Holland und anschließend nach England fuhr. Sie erzählte von Erna Drießen, die auf dem Wochenmarkt Käse verkaufte. Einmal war sie mit dem Rock unter dem Pferdefuhrwerk hängen geblieben und wäre beinahe überrollt worden. Die Marktweiber schrien, und nur weil der Bauer Denissen aus Pfalzdorf auf den Bock sprang und das Pferd zügelte, ist nichts passiert. Sie erzählte von Fritz Janssen, der vier Zentner schwer war und am Ende mit einer Karre herumgefahren wurde, weil er nicht mehr laufen konnte. Die Kinder liefen nebenher und sangen „Fritzke, Fritzke, fährt nie mehr mit et Fietske". Oder sie erzählte von Käthe van Bebber, die so gern Süßigkeiten aß, dass sie schon mit 18 keine Zähne mehr hatte und so dick wurde, dass sie sich die Fußnägel nicht mehr selbst schneiden konnte. Ihre Mutter musste ihr die Schuhe anziehen, weil Käthe die eigenen Füße nicht mehr sah.

So ist das oft bei Menschen, die alt werden. Sie kehren in ihre Erinnerungen zurück. Am Ende ist es so, als seien sie im Kreis gelaufen. Meistens merken sie es nicht einmal. Vielleicht geht es mir gerade so.

„Lene muss sich um die Mutter kümmern", entschied mein Vater. Dabei sah er wieder wie der Herrgott aus. Else weinte. Lene schwieg. Ich schaute weg, Maria war in Holland. So war das damals.

# 18 Der Laden

In die Versicherung haben meine Eltern nie eingezahlt. Das Geld war zu knapp. Weil mein Vater keine Rente bekam, richteten wir das kleine Zigarrengeschäft ein. Die Ware bezogen wir von der Fabrik Siemes auf der Weezer Straße, Lene verkaufte im Laden, der nach vorn zur Voßstraße rausgeht. Meinen Vater schoben wir auf dem Stuhl mit hinein. Er sah missmutig zum Fenster hinaus. Manchmal kassierte er. Spaß machte es ihm nicht. Das ließ er die Kunden merken. Aber sie taten so, als störe es sie nicht. Sie erinnerten sich an die ehrfurchtgebietende Gestalt, die mein Vater mal war, und sie hatten womöglich Mitleid, was mein Vater überhaupt nicht ertragen konnte. Sicher aber hatten sie ordentlich Respekt. Das konnte er besser ertragen. Es gehörte sich so, dass sie Respekt hatten.

Den Laden gibt es immer noch. Lene verkauft inzwischen meistens Zigaretten. Zigarren, Schnupftabak und Kautabak kommen aus der Mode, die Kunden werden ohnehin weniger. Viele kommen nur, um ein bisschen zu erzählen. Dann stehen sie an der Theke in der Ecke, wo die Tür zu unserer Diele ist, und probieren die neuesten Zigaretten aus, die Lene in einem kleinen Kistchen unter der Ladentheke aufbewahrt. Dabei kann man nichts verdienen, aber das stört die Kunden nicht, und Lene stört es auch nicht. Es fehlt nur noch, dass sie den Kunden Kaffee bringt oder Sprudelwasser. Aber so weit kommt es nicht. Da würde ich dann doch ungemütlich. Ich mache meist einen weiten Bogen um das Kaffeekränzchen ohne Kaffee.

Der Laden braucht weniger Platz, als er haben könnte. Aber das macht nichts, weil Else im selben Verkaufsraum ihr Schuhgeschäft eingerichtet hat. Die Ware bezieht sie aus Italien. Das sagt sie jedenfalls. Ich bin skeptisch, weil die Preise so niedrig sind, italienische Schuhe sollen doch etwas Besonderes sein. Das sagt man, und es gehört zu dem wenigen, was ich über Schuhgeschäfte weiß. Meine dicken Füße stecken in großen Schuhen mit Einlagen, die der Arzt verschrieben hat. Aus Italien kommen sie nicht. Aber teuer sind sie.

Der Laden gibt Else auf jeden Fall Gelegenheit, ausgiebig mit Kunden zu plappern. Das ist ihr Lebenselixier - neben den Enkeln, ihren Großneffen. „Ich verkaufe für mein Leben gern", sagt sie. Ich glaube, dass manche Kunden nur deshalb etwas kaufen, um irgendwann wieder aus dem Laden zu kommen. Einmal hat sie einem Mann ein paar Schuhe verkauft, der nur nach dem Weg fragen wollte. So richtig groß ist der Umsatz trotzdem nicht. Wenn die Lieferung kommt, passen die paar Kartons in das Regal in unseren Patöllchen. Und wenn mein Sohn ihre Steuererklärung macht, schreibt sie vor dem Abgeben groß über das ganze erste Blatt: „Ich bin eine arme, alte Frau." Ob die das beim Finanzamt glauben, weiß ich nicht.

Vom Ladentresen kann man das große weiße Haus der Sternefelds sehen, in dem Lene früher gearbeitet hat. Heute kann sie dort natürlich nicht mehr arbeiten. Die Sternefelds sind tot, das Haus heißt nun „Haus Komans", daneben ist eine Tankstelle mit einem blauen Aral-Schild und dahinter die Kartoffelfabrik. Sie machen da das Pulver für Klöße oder die getrockneten Scheiben, aus denen woanders Chips gebacken werden. Nachts leuchtet das Aral-Schild. Wenn es neblig ist, scheint die ganze Gegend in einem blauen Licht. Es fließt über den Zaun der Sternefeld-Villa und es sieht aus, als wenn es wie dickes Wasser in den Vorgarten sickern würde, es kommt mir so vor, als könne man es anfassen oder darin baden.

Wenn es meine Dämonen besonders böse meinen, zeigen sie mir Fritz Sternefeld in der blau-weiß gestreiften KZ-Kleidung. Er trägt Holzschuhe, er läuft über endlos lange Gänge, die Holzschuhe klappern, das Echo prallt von den Wänden zurück. Wenn er mich anschaut, bohrt sich der Schmerz wie ein Stück Metall in meinen Kopf, eine Sirene heult durch mein Hirn. Ich möchte mich abwenden, aber die Dämonen brauchen keine Fesseln, sie halten meinen Kopf fest und zwingen mich, die Augen auf zu halten. Ich will sagen, ich hab dir doch nichts getan. Aber ich weiß es ja besser.

Niemand von uns ist ohne Schuld.

Das hat neulich sogar der Pfarrer Ludes gesagt. Seit ich nicht mehr sitzen und zur Messe gehen kann, besucht er mich manchmal und betet mit mir. Er bringt die Kommunion. Ich lass es über mich ergehen, weil Lene glaubt, dass es so sein muss. Else baut immer einen richtigen Altar auf, mit Kerzen und Blumen. Das finde ich schon grenzwertig. Ich habe verboten, Kirchenlieder zu singen. Das geht zu weit, demnächst bringen sie noch ein Weihrauchfass und Messdiener mit. Else würde das gefallen.

Über meine Zweifel rede ich schon lange nicht mehr. Es will doch niemand hören, am wenigsten gern der Pfarrer. Ob der so gläubig ist, wie er vorgibt zu sein, weiß ich nicht. Für einen geistlichen Herrn ist er nach meinem Empfinden viel zu gut angezogen, und weltliche Eitelkeiten sind ihm nicht fremd. Vielleicht sorgt er sich doch mehr um ein komfortables Diesseits, als er in der Predigt zugeben würde. Er soll eine sehr schöne Wohnung haben, in der allerhand wertvolle Dinge stehen, die man in der Pfarrkirche gefunden hat. Und er schafft ständig neue an. So etwas spricht sich herum, und es nährt meinen Verdacht. Doch auch so etwas will niemand hören. Deshalb behalte ich es für mich.

Zumindest hat er keine heimliche Freundin wie sein Kaplan. Der Kaplan ist der Religionslehrer meiner Enkel. Ich hüte mich, ihnen von der Freundin zu erzählen. Vielleicht haben sie dennoch schon etwas davon gehört, schließlich ist es eine kleine Stadt. Mein ältester Enkel ist mit einem der Söhne der Freundin des Kaplans befreundet. Was für eine Zeit.

Lene tat, was sie konnte. Sie stand im Laden, sie wusch, sie kochte, ertrug das Kommando meines Vaters und meines Onkels, der inzwischen auch im Haus wohnte. Der Onkel benahm sich ziemlich komisch, seit ihn ein Pferd beim Beschlagen mit dem Huf am Kopf getroffen hatte. Ich konnte ihn in der Schmiede nicht gebrauchen, weil er manchmal einfach umfiel und dann viel dummes Zeug redete, aber durchgefüttert werden musste er doch. Auch das gehörte sich so.

Lene schimpfte nicht, nie. Heute schimpft sie schon mal mit Else, weil die gerade da ist. Sie lebt ja immer noch bei uns. Aber mit Else schimpft sie nur aus Spaß. Es ist ein Spiel. Else gibt sowieso immer zuerst nach. Mich schaut Lene an, wie sie früher meinen Vater und meinen Onkel angeschaut hat. Das macht mich traurig, aber ich sage ihr das nicht. Es ist zu spät dafür.

Wenn meine Dämonen meinen Kopf übernehmen, versteckt sie sich. Sie weiß, dass ich dann nicht bei mir bin, und dass es keinen Sinn hat, mit mir zu reden. Ich wehre mich mit Händen und Füßen, ich verteidige mich mit Stühlen und Tischen. Ich schlage nach ihnen, aber ich bekomme sie nicht zu fassen. Sie wollen mir das Herz herausreißen, und es tut weh. Ich habe Angst, und ich kämpfe. Wenn es vorbei ist, bin ich schrecklich müde und weiß nicht, was geschehen ist. Es geht auch mal ein Stuhl zu Bruch dabei. Lene räumt auf. Sie macht mir keine Vorwürfe, sie hat nie dafür gesorgt, dass ich gefesselt werde, und sie steckt bestimmt nicht dahinter, dass ich jetzt hier liege. Bin ich ihr dankbar? Ich weiß es nicht.

# 19 Tanzen in der Villa Mozart

Mein Vater und der Onkel sind in den späten 20ern gestorben. Ich war ein bisschen erleichtert, darf ich das sagen? Lene und ich hatten unsere glücklichste Zeit - ausgerechnet nach der großen Wirtschaftskrise, die in den Städten zu Aufständen führte und dort alles über den Haufen warf, die ganze Ordnung. Deshalb weiß ich bis heute, dass Geld so gar nichts wert ist. Ich verschenke es gern, auch wenn wir nicht viel haben. Es ist mir nicht wichtig.

Am Sonntag gingen wir schon mal aus ins Gartenlokal „Villa Mozart" auf dem Gocher Berg. Else blieb bei unserer Mutter. Ich glaube, wir haben sogar getanzt, ausnahmsweise, obwohl ich alles andere als ein Tänzer bin, und ich habe ein großes Bier getrunken. Seit meiner Jugend habe ich eigentlich nicht mehr getrunken, bis heute tu ich es nicht. Auch wenn wir abends vor dem Haus auf der Bank saßen, holte ich selten gegenüber ein Bier, wie es die Nachbarn machten, die sich in der Wirtschaft einen Siphon füllen ließen, so ein großes Glas, wie es die Kutscher am Bock führen. Es genügte mir, einfach da zu sitzen. Ich träumte davon, dass nun alles besser wird, dass alle aus diesem Krieg gelernt haben, dass es wieder ordentlich wird. Sogar die Dämonen schwiegen. Sie holten aber nur Luft. Das ahnte ich natürlich nicht.

Die Nazis habe ich von Anfang nicht gemocht. Sie waren mir zu laut, zu blöd. Ich habe nicht verstanden, was sie gegen die Juden hatten. Ich habe überhaupt nicht viel von dem verstanden, was sie auf den Kundgebungen vom Rednerpult riefen. Sie brüllten herum, gebärdeten sich wie ihr Führer, dieser Charlie Chaplin aus Österreich, die größten Versager kriegten plötzlich ein breites Kreuz, sie sahen aus wie Witzfiguren. Und ich fand sie lächerlich. Hätte es etwas geändert, wenn ich sie ernst genommen hätte? Wohl nicht.

Der Schlimmste war nicht mal von hier. Ernst Kuhlbars stammte aus dem heutigen Wuppertal, aus dem Stadtteil Elberfeld. Er war der NSDAP-Bezirksleiter und hatte sein Parteibüro in unserer Nachbarschaft, an der Weezer Straße. Er kam Mitte der 20er Jahre in die Stadt. Kuhlbars war Postinspektor und soll vorher Bezirksaufsichtsbeamter bei der Post gewesen sein, eine Art Spitzel in führender Position, ein Beruf, den kein anständiger Mensch ausübt, aber die richtige Lehre für sein späteres Amt. Er hatte ein Bärtchen wie sein Führer, sah sonst dem Heinrich Himmler ähnlich, wie so ein großes Nagetier mit Brille, da blieb es in der Familie. Er trug eine braune Uniform und die Hakenkreuzbinde am Arm. Auf seiner Krawatte steckte das Coburger Ehrenzeichen. Er war also dabei gewesen, als SA und NSDAP erstmals außerhalb von München marschiert waren. Es war nicht lange nach dem Krieg. Das reichte bereits, damit er sich in der Partei wie ein Großer fühlte. Er wurde auch so angesehen.

Kuhlbars stand mit dummem Stolz überall herum. Aber er fand erst einmal wenige Gefolgsleute, die ihm den Unsinn glaubten, den er erzählte. Da erging es ihm nicht anders als den „Volksgenossen" überall im Land. Die Wahlergebnisse sprachen dafür. Bis zum Zusammenbruch der Börse in Amerika 1929 waren die Nazis bei allem Radau, den sie verbreiteten, eine Splitterpartei. Ich war überzeugt davon, dass sie ein bleiben würden.

„Es hat ja gar keinen Sinn, sich mit euch abzugeben. Ihr seid ein borniertes Volk", rief Kuhlbars in der Wirtschaft. Ich wollte nichts mit ihm zu tun haben. Damit stand ich nicht allein, ganz und gar nicht, zunächst jedenfalls nicht.

Die Männer im Gocher Turnverein sahen das ganz anders. Sie hielten viel von deutschnationalen Reden, die ich schon in Frankreich nicht mehr hören konnte. Die „vaterländischen Festspiele", die „Hindenburg-Huldigungen" und die „Deutschen Abende" begingen sie mit feierlichem Ernst. Ich ging nicht hin. Erst recht nicht, als der Turnverein Beitrittsaufrufe verteilte. „Sie werden als unser Mitglied Förderer der idealen Sache und Kämpfer für das Deutschtum, denn auch durch die Deutsche Turnerschaft geht der Weg zur deutschen Volksgemeinschaft", schrieb der Verein.

Ich hatte an der Front gesehen, welche Folgen der Kampf ums Deutschtum hat. Viele hatten das offenbar schnell vergessen. Die Männer im Turnverein warnten vor der „Zerrüttung des deutschen Volkes und Volkslebens". Und sie träumten früh vom nächsten Krieg: „der Geltendmachung und Verankerung des deutschen Volkslebens jenseits der Reichsgrenzen". Davon wollen sie heute selbstverständlich nichts mehr wissen. Ich habe es mir gemerkt, ich habe mir viel gemerkt, auch diese Sprüche.

Solche Reden hielten auch Kuhlbars und der Dachdecker Bernhard Tönnissen, der örtliche SA-Chef. Sie bekamen lange sehr wenig Beifall. Während wir lasen, dass die Nazis in den Großstädten bereits riesige Aufmärsche veranstalteten, kriegte Tönnissen hier gerade mal ein Dutzend Männer zusammen, die in braunen Uniformen herumliefen. Ich habe sie als vorübergehende lächerliche Erscheinung abgetan. Was für ein Irrtum. Ich kann ihn mir bis heute nicht verzeihen.

Wir fanden nach dem ersten Krieg viel schneller in einen vernünftigen Takt als die Menschen in den Städten. Goch war ordentlicher, das war meine feste Überzeugung. Ich war sicher, dass alle ihre Lektion in diesem Krieg gelernt hatten. Und dass die Nazis bald die Macht übernehmen sollten, konnte ich mir nicht vorstellen. Hätte ich mich doch früher mal so richtig für Politik interessiert.

Nicht zu übersehen war, dass die große Wirtschaftskrise in Amerika auch bei uns Folgen hatte. Ausgerechnet die Schuhfabrik Sternefeld segelte in den Konkurs, weil sie auf Krediten aus Amerika gebaut war. Hermann Sternefeld beging aus Scham Selbstmord, sein Bruder Fritz Sternefeld, für dessen Familie Lene gekocht hatte, und sein Cousin Wolfgang Sternefeld wurden wegen

Konkursvergehens zu je acht Monaten Gefängnis verurteilt. Die Fabrik mit ihren 560 Beschäftigten wurde an die holländische Firma Schijndel aus Walwijk verkauft.

Das Geld wanderte in die Taschen der neuen Herrscher.

Fritz Sternefeld wurde 1933 in Kleve in Schutzhaft genommen, so hieß das, wenn die Nazis Juden verhafteten, um sie zu deportieren. Selbst die, die nach Holland geflohen waren, bekamen sie meistens, weil sie beste Verbindungen ins Nachbarland hatten. Davon will drüben heute niemand mehr etwas wissen. Und uns Alte fragt man ja nicht.

Von der Schutzhaft bis zum Konzentrationslager ist es nur ein kurzer Weg, aber das wusste ich damals noch nicht. Selbst Lene, die immer in Verbindung mit der Familie geblieben ist, weiß nicht genau, was aus ihm geworden ist. Wahrscheinlich ist er in Dachau gestorben. Seine Spur hat sich in München verloren.

## *20 Nazikonvoi zur Kirmes*

In Goch wehte Anfang der 30er doch ein anderer Wind, vielleicht nie so kräftig wie in den Großstädten, aber an den Nazis kam man nicht mehr vorbei. Obwohl ich das nicht für möglich gehalten hätte, wurden es immer mehr, die mit der Parteinadel am Anzugkragen durch die Stadt liefen. Ich sah, wie sie zu den Parteiversammlungen gingen, nicht mehr nur eine Handvoll. Es gab viele Fahnen und Parolen. Wir hatten zu lange nur zugesehen oder weggesehen. Es war wieder mal zu spät.

An einem Kirmeswochenende rollte ein ganzer Konvoi mit Nazis durch die Stadt, sie waren auf dem Weg zu einer Kundgebung in Kleve. In der Nähe von Café Weyers am Markt wurde einer von bestimmt 25 Wagen von einer Apfelkitsche getroffen, ein Jugendlicher muss sie geworfen haben. Aus einem der Wagen flog sofort ein Stein, der wiederum den Jungen zu Boden riss, ein weiterer Stein traf einen alten Mann, der zufällig an der Straße stand. Die Steine müssen schon in den Autos mitgebracht worden sein.

Fünfzehn Männer in braunen Uniformen sprangen aus den Wagen, offensichtlich zum Kampf entschlossen. Der Mann vom Kasperletheater bekam es mit der Angst zu tun und floh in ein Haus an der Steinstraße. Die Braunhemden verfolgten ihn, traten die Haustür ein und verprügelten den Mann. Einen Jungen, der mit all dem nichts zu tun hatte, schlugen sie mit einem Gummischlauch, er hatte noch Wochen Blutergüsse auf dem Rücken. „Deutschland, erwache", riefen die Nazis, bevor sie nach Kleve weiterfuhren. Die Gocher Zeitung schrieb am nächsten Tag: „Das war ein Vorgeschmack auf das Dritte Reich." Wie wahr, und wie wenig sollte sich die Zeitung ein paar Monate später daran erinnern, was sie an Kirmes geschrieben hatte.

Es wurde nun viel strammgestanden und gejohlt. Mein alter Schulfreund Heinz Elbers war einer der Ersten in einer braunen Uniform. „Du wirst noch sehen", sagte er, „bald hast du auch eine."

So weit ist es nie gekommen, das zumindest kann ich behaupten. Damit stand ich in Goch nicht allein, nicht alle trugen die Anzüge der neuen Herren. Wir waren eine große schweigende Gruppe von Zuschauern. Doch schon 1934 marschierte der gesamte Stadtrat in Uniform vom Parteilokal Kathmann zum Rathaus - vorneweg der Ortsgruppenleiter Ernst Salzmann, inzwischen Verwaltungsdezernent, dahinter der Frühnazi Hans Haas (sie nannten ihn Mann der ersten Stunde), SA-Chef Josef Drung, Georg Bezon, der Beigeordnete Leo van den Boom, Emil Bröckelschen, Hermann Diehl, Robert Emmler, Alois Koppers, Wilhelm Oelinger, Johann Peters, Wilhelm Reinders und Franz Schüller. Saalmann hatte die Hand zum deutschen Gruß der Nazis erhoben. Das Bild steht mir deutlich vor Augen. Es lässt sich nicht löschen, obwohl die Hauptdarsteller ein paar Jahre später alles dafür taten. Wer hatte sie gezwungen? War es nicht ihre Überzeugung? Mir war schlecht. Mehr fiel mir dazu nicht ein. Ich weiß bis heute nicht, wie das so schnell gehen konnte.

Aber habe ich etwas gegen die Nazis unternommen? Eher nicht. Zu Hause habe ich geschimpft, den Aufmärschen bin ich meistens ferngeblieben, einige habe ich aus der Ferne als Zuschauer miterlebt. Ich war oft Zuschauer in dieser Zeit. Das hilft mir heute nicht, und es half damals nicht.

Als meine eigene Tochter ins Jungvolk wollte, hab ich gepoltert, gebrummt, gebettelt und eine Woche lang nicht mit ihr gesprochen. Sie ist dennoch hingegangen. Wir haben unsere Kinder an die Nazis verloren, eine ganze Generation. Sie marschierten, ihre Augen strahlten, wenn sie ins Sommerlager fuhren. Ich wollte gar nicht hingucken, und marschiert hatte ich für ein Leben genug. Aber ich war nicht im Widerstand. Nein, das war ich nicht. Ich war ja nur ein Schmied. Was konnte ich schon tun?

Die Nazis in der Stadt konnten mich auch nicht leiden. Sie schickten mir Warnungen über meine Tochter, weil ich manchmal einfach den Mund nicht halten konnte. Mein Schlosserkollege Paul Giltjes kam sogar mal zu mir nach Hause.

„Kannst du nicht wenigstens mitmarschieren?", hat er gefragt, „ich meine es doch nur gut."

Ich habe ihn ohne ein Wort an der Haustüre stehen lassen.

Auf der Straße guckten manche weg, wenn ich kam. Manche, die vor ein paar Jahren noch den Hut gezogen hatten. Zum Glück war ich nie viel in Wirtschaften gegangen, jetzt ging ich gar nicht mehr. Ich konnte die Blicke nicht ertragen, das Gerede nicht, die Uniformen. Und ich hätte den Mund sicher nicht gehalten. Wäre ich doch hingegangen. Dann ginge es mir heute besser.

Dass die neuen Herren es nicht bei den Reden und den Märschen beließen, erlebten wir in der Nacht, die sie Reichskristallnacht nannten. 20 SS-Männer zerstörten am 9. November 1938 planmäßig jüdische Geschäfte, das Manufakturengeschäft Hertz und das Hausgerätegeschäft Bruch, Weißwaren Koopmann, die alle an der Mühlenstraße lagen, Pelzwaren Devries und die Bäckerei Bruckmann an der Voßstraße. Sie beschmierten die Wände mit Parolen und dem Judenstern, und sie schwitzten vor Hass.

Sie zerstörten die Einrichtung der Synagoge, und sie legten Feuer. Sie trugen ihre Uniformen nicht, aber natürlich wurden sie erkannt. Goch ist eine kleine Stadt. Häuser der Juden wurden durchsucht, nach Holland Flüchtende verhaftet. Die Geschäfte wurden im Winter verkauft, die Synagoge brannte in der Nacht vollständig ab. Die Polizei sah zu. Ich auch. Aber ich habe mir alles gemerkt. Auch dass ich zugesehen habe.

Lene sprach nicht über die Nazis. Sie guckte traurig, wenn unsere Tochter zum Jungvolk ging, sagte aber nichts. Wir hatten Geheimnisse vor unseren Kindern, und es war besser so, dass es Geheimnisse blieben. Vielleicht hätten sie uns verraten, vielleicht ohne es zu wollen. Den Verdacht sprachen wir nicht aus, aber wir hörten ihn, wenn wir darüber schwiegen. Wir schwiegen mehr als ohnehin schon.

Lene hielt die Verbindung zur Familie ihres alten Arbeitgebers aufrecht, was die Kinder natürlich nicht wissen durften. Die braunen Herren hatten die Juden in unserer Stadt aus ihren Häusern verjagt. Und die, die in der Stadt geblieben waren, lebten an der Herzogenstraße in einem großen Haus unter einem Dach. Judenhaus nannten es die Braunen. Als der nächste Krieg begann, waren noch 27 von früher mal 182 Juden übrig. Die anderen waren verschwunden, geflohen, wenn sie Glück hatten, in Konzentrationslager verschleppt die meisten. Darüber durfte man nicht sprechen, aber es wusste jeder.

Nachts kamen immer einige von den 27, die auf der Herzogenstraße wohnten, an unseren Torweg vor der Schmiede, und Lene gab ihnen, was von unserem Essen übrig war, denn arbeiten und Geld verdienen durften sie ja nicht. Es war immer etwas übrig, ich bin sicher, sie kochte auch mehr. Ich fand es erniedrigend, die armen Menschen still im Schatten des Torwegs zu sehen, ich schämte mich, ich habe es aber nicht verboten. Natürlich nicht. Die hungrigen Blicke konnte ich nicht aushalten und das Unrecht nicht. Meine Nächte wurden zur Qual. Ich wälzte mich schwitzend in meinem Bett herum. Ich fühlte, dass alles nur noch schlimmer werden konnte. Und es wurde schlimmer, viel schlimmer.

In den nächsten Krieg, den die Nazis vom Zaun brachen, musste ich nicht mehr, ich war schon viel zu alt. Aber zum Arbeiten war ich nicht zu alt. Und da kriegten sie mich doch. Sie wussten, dass ich ein geschickter Schmied, vielleicht noch ein geschickterer Schlosser war. Das hatten ihnen die Parteigenossen bei Jurgens und Prinzen erzählt. Sicher auch Paul Giltjes, mein ehemaliger Schlosserkollege, der unterdessen Beigeordneter in Pfalzdorf war.

Sie machten Karriere, die Strammsteher und Mitmarschierer. Mich schickten sie nach Peenemünde. Sie haben mir nicht erklärt, was ich da machen sollte. Sie haben lediglich gesagt, ich sei nun dienstverpflichtet - für Führer, Volk und Vaterland. Ich wusste nicht mal, wo Peenemünde ist.

## 21 Die erste Reise auf die Insel

Sie haben mir gesagt, dass Peenemünde auf Usedom liegt, dass Usedom eine Insel in der Ostsee ist, und sie haben mir eine Fahrkarte gegeben. Sie sah wie ein Einberufungsbescheid aus, mit Wappen und Stempeln. Sie war auch so etwas wie ein Einberufungsbescheid. Meine Reise wurde befohlen, „Zuwiderhandlung wird mit Gefängnis bestraft". Ab jetzt war ich dabei, ich war ein Rädchen im Getriebe des großdeutschen Reichs. Ins Gefängnis wollte ich ja nicht. Und so schlimm sollte es ja nicht werden, dachte ich. Auch da habe ich mich getäuscht.

Ich stehe morgens kurz nach fünf auf dem Bahnsteig. Es ist ein Samstag im frühen Herbst, in ein paar Stunden beginnen die Vögel zu singen, hinter der Fabrik von Jurgens und Prinzen wird es bald hell. Gleich werden der Schornstein und die Backsteingebäude rosa leuchten und wenig später die Bahnhofsgebäude ebenfalls. Es gab Zeiten, da fand ich diesen Anblick wunderschön. Jetzt nehme ich ihn wahr wie eine Zeitansage oder eine Kulisse, die aus Pappe sein könnte wie bei den Theaterabenden im Steintorsaal, mehr nicht.

Von meinem Bahnsteig kann ich den Boxteler Bahnhof ein Stückchen weiter sehen, an dem vorbei der Zug mit dem Kaiser ins Exil fuhr. Jetzt rollt hier nur noch Militär. Mit mir warten am Gocher Bahnhof ein paar Uniformierte, für Zivilisten ist es wohl zu früh, und Ausflüge mit der Bahn macht man nicht mehr. Ich trage meinen grauen Anzug und einen grauen Hut. In meinem Pappkoffer ist Unterwäsche und ein Paar Schuhe, ein Hemd und eine Blechdose mit Butterbroten, die Lene heute früh geschmiert hat. Einen Arbeitsanzug und Arbeitsschuhe würde ich bekommen, haben sie gesagt. Welche Arbeit ich machen werde, haben sie nicht gesagt.

Der Zug ist pünktlich, das wird sich bis zum Untergang nach deutlich weniger als 1000 Jahren im Prinzip nicht ändern. Die Pünktlichkeit ist mir bis heute an uns Deutschen am wenigsten unsympathisch. Ich bin noch nie zu spät gekommen. Selbst für meine Bewacher hier in diesem Backsteinbau gilt das, sie kommen auch nicht zu spät. Wenn sie morgens, mittags und abends an mein Bett treten, tun sie das zu festen Zeiten. Ich finde sie trotzdem nicht sympathisch, aber sehr deutsch. Das schon.

Mein Zug fährt über den ganzen unteren Niederrhein bis Krefeld, dort steige ich zum ersten Mal um. Während es dämmert, sehe ich unterwegs die Kevelaerer Basilika, zu der wir im Sommer immer gepilgert sind. Der Kirchenschweizer ging mit seinem Kreuz vorweg, manche von uns trugen Fahnen. In der Gnadenkapelle hingen Krücken von Menschen, die das Gebet zu Maria geheilt haben soll. Das glauben Leute wie meine Schwester Else. Ich glaube, da macht die Kirche Reklame. Das sage ich aber nicht, auch wenn es die neuen Herren vermutlich gar nicht schlimm finden, wenn jemand so etwas sagt. Wahrscheinlich sage ich es auch deswegen nicht.

Prozessionen sind inzwischen verboten. Aber die Nazis können nicht alles verbieten. Vor zwei Jahren stand die ganze Stadt an den Straßen, als der Kardinal van Galen zur Firmung in einer langen Prozession zur Maria-Magdalena-Kirche geleitet wurde. Fahnen wehten von den Häusern, überall war Blumenschmuck, die Nazis hielten sich im Hintergrund. Aber sie schauten genau hin, wer vorneweg lief und wer auf dem Marktplatz bei der Ansprache des Bischofs von Münster zuhörte. Ich habe mich nicht versteckt. Immerhin habe ich mich nicht versteckt.

Die Katholiken nannten Clemens August van Galen den „Löwen von Münster". Ich fand, das passte zu ihm. Er machte den Mund auf gegen die neuen Machthaber, das imponierte mir. Ich habe nicht alles verstanden, was in seinen Hirtenbriefen stand, die sonntags in der Kirche verlesen wurden. Aber ich verstand genau, was er in seinen Predigten sagen wollte. Dass er die Nazis für das Böse hielt, für gottlos, das hörte ich ganz genau. Und die Nazis hörten es auch. Sie wagten es dennoch nicht, offen gegen den Bischof vorzugehen.

Der Kardinal war ein großer Mann, er überragte alle. Dazu brauchte er kein Podium. Seine Stimme war laut. Und er sprach auf dem Markt über die katholische Kirche. Ich glaube, er sprach auch über die katholischen Schulen. Ich habe meine Kinder auf die katholische Schule geschickt, natürlich. Und ich war sehr zufrieden, als van Galen sagte, „Gott will, dass eure Kinder zur Erfüllung seiner Gebote angeleitet und erzogen werden. Jeder Eingriff in das katholische Schulwesen gefährdet die Rechte Gottes".

Ich habe leise Amen gesagt, vielleicht auch laut. Tausende haben das getan. Und man hörte die Braunen mit den Zähnen knirschen. Hat van Galen etwas geändert? Nicht einmal er.

Hinter Geldern geht irgendwann die Sonne auf, die Felder liegen ganz friedlich da, aus den Bächen steigt ein leichter Nebel auf, über einer Wiese segelt ein Fischreiher. Ich fühle mich sehr zu Hause. In Krefeld ist alles schon viel größer, ich habe noch nie so viele Züge nebeneinander gesehen, nicht einmal auf den Bahnhöfen, die wir auf der Fahrt in den ersten Krieg nach Frankreich passiert haben. Ich fahre wieder in einen Krieg, denke ich, diesmal ganz allein und ohne Pickelhaube. Aber auch ohne die dumme Begeisterung von vor 1914. Nichts finde ich an diesem neuen Krieg gerecht. Und gar nichts in Ordnung. Trotzdem gehorche ich. Ist das nicht auch dumm?

Ich reise in der Dritten Klasse und habe viel Platz im Abteil. Eine Frau mit einem Korb voller Gemüse sitzt zwei Reihen entfernt. Sie trägt ein rotes Kopftuch wie ein Haltesignal, und während sie nach draußen durchs Fenster schaut, bewegt sie die Lippen. Es sieht aus, als wenn sie mit dem Fenster spräche. Vielleicht betet sie. Ich frage sie natürlich nicht. Und ich guck auch nicht zu sehr hin.

Hinter Düsseldorf wird es hügelig, an meinem Fenster fliegen in den Dampfwolken der Lokomotive große Städte vorbei, das Ruhrgebiet mit seinen riesigen Werken und Schornsteinen, deren Spitzen ich von meinem Platz aus gar nicht mehr sehen kann, später das flache Mitteldeutschland. Manchmal nicke ich ein. In Berlin bin ich hellwach. Mein Bruder Fritz war hier in der Kaisergarde. Von der Stadt hat er mir oft erzählt. Ich habe sie mir nicht so groß vorgestellt. Und sie ist ja erst nach dem ersten Krieg so groß geworden. Vier Millionen Menschen sollen hier leben. Es heißt, Berlin sei die drittgrößte Stadt der Welt, die größte Europas. Ihre Ausmaße passen jedenfalls nicht in meine Vorstellung.

Fritz hat inzwischen mit seiner Familie das Dachgeschoss in unserem Haus bezogen. Mit ein paar Holzabtrennungen haben wir Zimmer in den Speicher gebaut. Fritz arbeitet bei Jurgens und Prinzen im Büro. Die Nazis sind ihm egal, er meckert nicht so laut wie ich. Und auch deshalb hat ihn niemand dienstverpflichtet.

Fritz war mal ein ziemlich guter Fußballer. Er gehörte zu denen, die 1912 den Sportverein Viktoria gründeten. Er stand im Tor. Es sah so aus, als müsse er unter der Torlatte den Kopf einziehen. Aber er war nicht nur der Längste in seiner Mannschaft, er hielt auch viele Bälle, er war ein guter Torwart. 1921 stieg die Viktoria in die Liga auf und war die Nummer eins am Niederrhein. Es gibt ein Foto der Mannschaft vor der Abfahrt zum Aufstiegsspiel, sie steht aufgestellt wie die Orgelpfeifen, Fritz, der Längste, ganz rechts. Die Spieler tragen dunkle Anzüge und Hut, mit ihren Taschen in der Hand sehen sie aus wie Ärzte auf Betriebsausflug. Hunderte Gocher fuhren auf Lastwagen zum Spiel gegen die Rheydter nach Kaldenkirchen. Goch brauchte nach dem ersten Krieg dringend ein paar eigene Helden. Fußball war für so etwas immer schon gut, auch in diesen Anfängen und so weit unten.

Fritz und seine Mitspieler waren kleine Helden in einer kleinen Stadt. Er nahm das Leben leicht, noch leichter als unsere Schwester Else. Wenn sonntags gespielt und (meistens) gewonnen wurde, ließ er die Arbeit Arbeit sein. Montags war er dafür viel zu müde. Das hatte er mit den Kameraden gemein. Sie schliefen lang und trafen sich um die Mittagszeit in der Wirtschaft. Niemand hatte etwas auszusetzen.

Denn nach dem Spiel wurde immer gefeiert. Beim Festkommers saßen die beiden Mannschaften an langen Tischen. Ein paar Ansprachen wurden gehalten, es wurde viel gescherzt, und es wurde viel getrunken. Oft stieg Fritz in der Nacht mit seinen Kameraden in unsere Vorratskammer und reichte über den Torweg ein paar Leckerbissen heraus. Else hat ihn dabei schon mal erwischt und natürlich bei unserem Vater verpetzt. Aber was konnte der schon tun, außer streng gucken. Fritz lachte über alle Strafen. Ich hab ihn dafür bewundert. Auch für sein Talent als Fußballer. Mir fiel alles viel zu schwer, und ich habe es mit dem Fußball nie versucht.

Aber ich habe immer viel vom Fußball erzählt, von den Spielen auf dem ersten Platz an der Weezer Straße auf der Wiese von Koppers, von den Spielen auf dem Viktoria-Platz an der Gaesdoncker Straße. Da standen wir Männer am Sonntag mit Mantel und Hut und schauten zu. Manchmal klatschten wir Beifall, vor allem, wenn es gegen die Klever Vereine VfB und Sportclub ging. Fußball ist ein schöner Sport, man kann beim Zuschauen alles andere vergessen.

Mein drittjüngster Enkel ist Fußballer geworden. Leider habe ich ihn nie spielen sehen. Sonntags darf er mir schon mal berichten. Ich habe Mühe, mir ein Bild zu machen, und der Weg zum Sportplatz ist zu weit. Meine älteren Enkel spielen Tennis, weil ihre Eltern das angemessener finden. Sie halten Fußball für einen Proletensport. Wenn mein Bruder Fritz zu Besuch ist, sagen sie das wenigstens nicht laut. Er darf dann immer von früher erzählen.

Von den wichtigen Spielen erzählt er genauso gern wie von den Feiern. Er wird dann gleich ein paar Jahre jünger. Und mein Enkel Röbke hört aufmerksam zu. Fritz kann ihn nicht nur deswegen gut leiden. Aber auch deswegen.

Mein Anschlusszug geht vom Stettiner Bahnhof ab. Berlin hat viele große Bahnhöfe, das wusste ich nicht. Meinen Koffer muss ich durch die große Stadt tragen, für einen Gepäckträger habe ich kein Geld. Alles geht hier schnell, die Menschen hasten, manche Straßen haben Lichtzeichenanlagen, damit nicht alle zur gleichen Zeit losfahren oder loslaufen. So richtig Zeit zu staunen, habe ich nicht. Vom Bahnsteig aus kann ich in die Invalidenstraße sehen und unglaublichen Autoverkehr. Davon muss ich Lene erzählen. Ich weiß allerdings noch nicht, wann das sein wird, wann ich zurückfahren darf, ob ich überhaupt zurückfahren darf. Darüber haben sie nichts gesagt.

Am Nachmittag rumpelt unser Zug über eine Hubbrücke auf die Insel Usedom. Ich war noch nie auf einer richtigen Insel. Ich sehe, wie sich das Schilf ans Ufer drückt, Kormorane und Enten fliegen niedrig übers Wasser. Es soll auch Seeadler geben, haben sie mir später erzählt, aber die sehe ich nicht. An Anlegern dümpeln ein paar bunte Fischerboote, rote Wimpel auf langen Stangen wehen im Wind. Ich glaube, damit markieren die Fischer die Stellplätze ihrer Netze.

Bald fahren wir durch dichte Buchenwälder, viele Menschen leben hier offenbar nicht. In einem kleinen Ort namens Zinnowitz steige ich zum letzten Mal um. Ab hier fährt eine Werksbahn, die aussieht wie die modernen S-Bahnen in Berlin, die ich auf Bildern und auf den Hochgleisen gesehen habe. Ich muss den Ausweis zeigen, den sie mir in Goch gegeben haben, und in der Siedlung Karlshagen steige ich mit ein paar Dutzend anderen aus.

Auf dem Bahnsteig schreit ein Unteroffizier in Heeresuniform herum, die Adern an seinen Schläfen sind hervorgetreten, die grauen Augen haben rote Ränder. Er weist uns Zivilisten den Weg zu einer Gemeinschaftsunterkunft. Er ist vielleicht 20 Jahre alt. Wir sind ein Haufen älterer Männer, der jüngste sicher nicht jünger als 40, und wir werden erwartet. Man gibt uns die Arbeitssachen und teilt jedem ein Bett zu.

14 Mann schlafen in einem Zimmer, in der Mitte steht ein Kohleofen, den brauchen wir aber noch nicht. Zum Glück, denke ich, denn die Außenwände des Baus wirken nicht sehr dick und der Ofen nicht gerade riesig. Seit der Militärzeit habe ich nicht mehr in einem Gemeinschaftszimmer geschlafen. Und in der kurzen ersten Nacht mache ich kaum ein Auge zu. 13 andere Männer stöhnen und schnarchen, wälzen sich herum. Es riecht nach Schweiß und saurer Luft.

Mein Bettnachbar heißt Walter. Er kommt aus Ahlbeck, das liegt auch auf der Insel, erzählt er mir, ganz im Osten in der Nähe von Swinemünde, wo die Eltern des Schriftstellers Fontane eine Apotheke hatten und die Oder in die Ostsee mündet. Ich kenne weder Swinemünde noch Fontane, gelesen wurde zu Hause nicht viel. Wir hatten dafür keine Zeit. Walter ist schon zwei Monate da. Er trägt sein blondes Haar ganz kurz, auf der Stirn hat er eine Narbe, die wie ein Angelhaken aussieht, und er sagt: „Zu uns sind sie ganz freundlich."

Am nächsten Morgen begreife ich, was er meint. Wir bekommen um 5 Uhr ein Frühstück, Brot, Kaffee, grobe Wurst, dann bringt uns die Werksbahn an den Arbeitsplatz. Im anderen Waggon sitzen Männer mit fahlen Gesichtern. Sie tragen ein P auf ihren Arbeitsanzügen.

„Das sind die Polen", sagt Walter, „wir dürfen nicht mit ihnen sprechen."

Die Polen werden von Soldaten kommandiert, ich sehe auch SS-Uniformen. „Die SS", sagt Walter, „ist für die KZ-Häftlinge zuständig." Von Konzentrationslagern darf man in Goch nicht laut sprechen. Trotzdem weiß jeder, dass es sie gibt. Hier sehe ich zum ersten Mal eines. Auf den ersten Blick unterscheidet es sich kaum von unseren Barracken.

Die ersten Häftlinge sehe ich am Abend, als wir in die Unterkunft gebracht werden. Sie tragen weiß-blau gestreifte Kleidung und Holzschuhe. Sie sehen schrecklich aus, halbverhungert, die Haut hängt grau in den Gesichtern. Den Blick halten sie gesenkt, den Kopf gebeugt. Und sie leben hinter einem Stacheldrahtzaun - gar nicht weit weg von unserer Baracke in Karlshagen an der Haltestelle der Werksbahn. In unserer Unterkunft hängt ein Schild mit der Aufschrift: „Jeder persönliche Verkehr seitens der Gefolgschaftsmitglieder mit Häftlingen ist strengstens verboten." Ich bin also ein Gefolgschaftsmitglied.

## 22 Die Fabrik am Haff

Ich arbeite in einem großen Werkraum an einer Fräse in einer Fabrik, die groß ist wie eine Stadt, schneide, feile und glätte Metallteile und Zahnkränze. Dafür muss man kein Künstler sein. Meine Vorgesetzten sind Handwerker und Ingenieure. Sie schreien nicht herum. Von ihnen erfahre ich im Lauf der nächsten Tage, woran wir alle arbeiten. Die Wehrmacht will eine Waffe bauen, die von einer Rakete getragen wird und hunderte von Kilometern bis zum Ziel fliegen kann. Wunderwaffe nennen sie die.

Die Wehrmacht fand die Lage von Peenemünde im Norden von Usedom ideal. Der Ort war mal ein Fischerdörfchen mit ein paar hundert Einwohnern, ein beschaulicher Außenposten auf der Insel mit freiem Blick ins Stettiner Haff. Es gab hier mehr Möwen als Menschen. Und Kormorane gab es, über die sich die Fischer aufregten, weil sie ihnen den Fang vor den Augen wegfraßen. Zu größeren Aufregungen fand sich kein Anlass, Jahrhunderte nicht.

Aber Anfang der 30er Jahre zogen die Nazis mit ihrer Versuchsanstalt aus der brandenburgischen Gemeinde Kummersdorf um nach Mecklenburg-Vorpommern. Schon in Kummersdorf hatten Wernher von Braun und seine Ingenieure die Leitung der Raketenversuche, erzählen mir die Menschen an meiner Werkbank. Neben den KZ-Häftlingen, Zwangsarbeitern und Dienstverpflichteten, wie ich einer bin, die alles andere als freiwillig nach Usedom gekommen sind, warben die Nazis Mitte der 30er auch zahlreiche Fachkräfte an. Sie bauten am Haff ein Kraftwerk, das Raketenfertigungswerk, Übungsanlagen und Unterkünfte. Es entstand eine richtige Stadt. Ich bin einer von 18.000 Menschen, die dort arbeiten, erfahre ich an den ersten Tagen. Später höre ich, dass es 12.000 Zwangsarbeiter und 1200 KZ-Häftlinge gibt. Goch hat 14.000 Einwohner.

Ich arbeite in der Abteilung, in der mit Flugkörpern der Firma Messerschmitt und Fieseler experimentiert wird. Mir fällt ein Roman von Hans Dominik ein, den mein Bruder gelesen hat, an dessen Titel ich mich aber nicht erinnern kann. Ich erinnere mich allerdings an den Umschlag, es war eine Rakete zu sehen und der Mond. Mir fällt meine Begeisterung für Flugzeuge ein, und nachts schaue ich aus dem Fenster auf den Mond, der mit seinem silbernen Licht das Haff beglänzt, das dann aussieht, als wenn Millionen Fische an der Oberfläche schwimmen. Ich feile ein bisschen aufmerksamer und bin für ein paar Tage gespannt, ob ich einen Blick auf das erhaschen kann, an dem wir hier bauen.

Ich vergesse erst einmal, was Walter mir erzählt hat. Dass draußen im sumpfigen Gelände und im Wald zwischen Peenemünde und Karlshagen magere Gestalten nach den Abschuss-Versuchen die Reste von Sprengkörpern suchen. Dass die Teile manchmal explodieren, dass die Opfer von Explosionen wortlos davongeschafft werden, dass niemand auch nur den Hut zieht, wenn so ein Transport vorbeikommt. Ich vergesse, dass wir zweimal am Tag gut zu essen bekommen. Und ich vergesse, dass die Häftlinge hungern. Sie essen Kartoffelschalen, sagt Walter. Das hat ihm ein Fahrer erzählt. Ich fange trotzdem an, in meiner Freizeit Flugzeugmodelle zu bauen. Ich sehe Raketen zum Mond fliegen.

Wenn ich nicht an Raketen denke, dann höre ich Walter zu. Er erzählt Geschichten von Usedom. Er erzählt von der versunkenen Stadt Vineta. „Das war die schönste Stadt der Welt", sagt Walter, „voller Gold, voller Kunstwerke und Reichtümer. Es gab Badehäuser und Kanalisation, die Häuser hatten Heizungen mit warmem Wasser. Die Menschen gingen ins Theater, und sie musizierten. Vineta war so reich, dass niemand arbeiten musste." Die Stadt war auf eine Landzunge gebaut, dort, wo heute der Ort Koserow ist, an einer Steilküste.

Der Reichtum von Vineta war legendär und der Stolz seiner Einwohner erst recht. Viele versuchten, die Stadt einzunehmen, ihre Schätze zu rauben und den Hochmut der Bewohner zu brechen, aber niemandem war es gelungen. Vor siebenhundert Jahren war Heinrich der Löwe mit einem ganzen Heer durch halb Europa gezogen. Seine Männer durchquerten Sümpfe, litten Fieber, schwammen durch Flüsse und kletterten über Berge. Sie setzten über das Achterwasser nach Usedom über, sie wollten die Ersten sein, die Vineta erobern, sie hatten jede Nacht von goldenen Türmen, Silbermünzen und Edelsteinen geträumt. Sie wähnten sich dem Paradies auf Erden ganz nah.

Eine letzte Nacht wollten sie am Achterwasser ausruhen, wo die Insel ihre schmalste Stelle hat. Nur der Wald lag zwischen ihnen und Vineta. Heinrich hatte Kundschafter ausgeschickt. Sie berichteten von einer glänzenden Stadt und von Mauern mit silbernen Zinnen, die in der Sonne glitzerten. Der Löwe musste sich bezähmen, nicht augenblicklich auf die Stadt zu marschieren. Aber in der Dunkelheit wäre das ein halsbrecherisches Unternehmen geworden.

Als es tiefe Nacht war, da kam ein Unwetter von biblischen Ausmaßen über die Insel. Der Wind heulte, die Nacht wurde noch schwärzer. „Der Sturm war so laut, dass niemand mehr den anderen verstand", erklärt Walter, und seine Augen flackern, so sehr hat er sich selbst in den Bann der Geschichte erzählt, „Heinrichs Männer blickten ängstlich zum Himmel. Sie verkrochen sich im Buchenwald und breiteten Decken über sich aus. Die Pferde wieherten und scharrten mit den Hufen, der Regen löschte die Lagerfeuer."

Ein ungeheures Krachen übertönte sogar den Sturm, der Boden unter den Füßen des wilden Heeres wankte, Bäume stürzten um, das Achterwasser, sonst fromm wie ein tiefer See, schäumte wie ein Ozean. „Das war der Tag, an dem Vineta versank", sagt Walter. Als der Sturm sich legte, war an der Stelle, wo vorher die Stadt gewesen war, eine riesige Abbruchkante. Die reichste Stadt der Welt lag unter den Wellen der Ostsee. „Heinrichs Männer standen am Ufer und spähten in die schwarze Flut. Manche bekreuzigten sich", erzählt Walter, „sie hielten den Sturm für eine Strafe des Herrn. Gott hat ihn geschickt, um die Einwohner von Vineta für ihren Hochmut zu strafen, sagten sie." Für Peenemünde hat uns der Herr nicht gestraft, dachte ich. Aber das sollte noch kommen. Statt Sturm wird er Bomben schicken. So hat jedes Zeitalter seinen Herrgott. Meistens ist er ziemlich zornig.

Der Anblick der Häftlinge ist schwer auszuhalten. Wenn wir in die Unterkunft gebracht werden, vermeiden die meisten Blickkontakt. In der Werkstatt geht das nicht. Einer räumt immer die Späne weg unter unseren Tischen. Er trägt eine Nummer auf seiner Kleidung, und ich höre seinen Hunger. Ich habe noch meine Butterbrotdose. Manchmal nehme ich sie zur Arbeit mit und lasse sie offen herumstehen. Am Nachmittag ist sie immer leer.

Walter sagt: „Lass dich nicht erwischen. Einer hat mal seinen Pullover verschenkt. Am nächsten Tag trug er selbst Häftlingskleidung."

Das überhöre ich. Wenn ich meine Butterbrotdose hinstelle, fühle ich mich weniger schlecht. Dann ist es eine gute Arbeit. Ich schaffe es sogar manchmal, wieder von den Flugzeugen zu träumen. Wenn sie eines Tages bis zum Mond fliegen, fliegt ein Stück von dir mit, denke ich. Der Mond, ja, der Mond. Und ich schaffe es manchmal, nicht an Waffen, an Häftlinge, an Unrecht zu denken.

## 23 Durch meine übergroße Schuld

Wenn ich nach Hause fahre, schaffe ich das nicht. Einmal im Monat geben sie uns Dienstverpflichteten das Wochenende frei. Es beginnt am Freitagnachmittag und endet Montagfrüh. Ich bleibe nie auch nur eine Minute länger in Peenemünde, als ich muss. Mit mir reisen die Bilder von ausgemergelten Gesichtern, von trüben Augen ohne Hoffnung, vom Stacheldrahtzaun, von Wachtürmen, von SS-Uniformen. Ich sehe sie in den Fenstern der Züge, wenn die in der Dunkelheit durch dieses große Land fahren. Auch im Hellen kann ich sie sehen. Die Landschaft verschwimmt dahinter, die Städte werden unsichtbar. Je weniger ich zu tun habe, desto stärker werden die Bilder. Es gibt keinen Mond mehr, keine Raketen, keine Träume. Nur diese Bilder und eine tiefe Schuld. „Mea culpa, mea culpa, mea maxima culpa", betet der Priester beim Stufengebet. Ich weiß jetzt, was er meint - auch wenn ich nicht bete. Schon lange nicht mehr. „Durch meine übergroße Schuld."

Oft komme ich mit einem zweiten Koffer zurück nach Peenemünde. Darin sind Hefekuchen in Blechdosen. Lene hat die Kuchen gebacken, ich habe sie darum gebeten. Ich verliere die Dosen in Karlshagen, in der Bahn, am Zaun, manchmal steht eine auf der Werkbank. Ich will nicht wissen, wer sie nimmt. Ich will auch nicht wissen, ob das gefährlich ist. Ich fühle mich ein bisschen verpflichtet. Aber ich weiß eigentlich, dass es nichts bewirkt. Die bösen Geister meiner Träume lachen mich aus. Selbst in meiner Hilfsbereitschaft, auf die ich mir doch was einbilde, bin ich ein Rädchen in diesem Getriebe. Darüber rede ich mit Lene, tatsächlich rede ich manchmal darüber. Sie schaut dann traurig und legt mir die Hand auf den Arm. „Du kannst doch nicht mehr machen", sagt sie, und ich spüre ihre warme Hand mit den Schwielen von der vielen Arbeit. So nah sind wir uns sonst nie. Ich hüte mich, daran zu viel gut zu finden. So weit ist es gekommen.

Walter sagt, ich soll abends mal mitgehen in die „Schwedenschanze". Das ist eine Wirtschaft und das einzige Gebäude, das vom früheren Peenemünde noch übrig ist. Ich gehe mit, aber es gefällt mir nicht. All der Lärm und die laute Vergesslichkeit. Trotzdem höre ich zu, wenn sie von Wernher von Braun erzählen, den einer in seiner SS-Uniform im Offizierskasino gesehen hat. Sie nennen ihn ein Genie, sie sprechen immer von Raketen, von Flugkörpern, nie von Waffen. Ihre Augen glänzen, die Wangen sind gerötet von Begeisterung und Bier. Sie sind dabei. Ein bisschen beneide ich sie, um die Nähe zu den Versuchen, um die Spannung bei den Abschüssen, um die Kindsköpfigkeit, um ihre dumme Begeisterung. Ja, auch darum, um ihre Dummheit.

Draußen schwappt die Ostsee, dieses oft so stille Meer, leise ans Ufer.

Die Möwen schlafen schon. Am Tag segeln sie im Wind über den Strand und den Hafen, ihr Geschrei hören wir bis in die Werkstatt. Im flachen Wasser finden sie kleine Fische und Muscheln. Um die Beute gibt es ein noch größeres Geschrei. Oft landet eine Möwe auf dem Dach des Kraftwerks gegenüber, huldvoll lässt sie sich nieder und verharrt wie ein Teil des Gebäudes. Sie hält so still, dass man sie malen könnte. Wo ist sie hingeflogen, als es diese Fabrik noch nicht gab? Haben Möwe eine Heimat? Merken sie, dass es Peenemünde gar nicht mehr gibt? Wundern sie sich, dass ihnen die Fischer die Nahrung nicht mehr streitig machen?

Irgendwo weit weg hinter den kleinen Wellen ist wohl Schweden, vielleicht auch Dänemark, dann wird es bald eisig, und die Wellen zerbröckeln zu Glas. Da wäre ich jetzt gern. Ich könnte den Eisbergen und den Gletschern beim Wachsen zuhören statt schwitzenden Männern, die an ihrem Verstand vorbeireden. Aber die Einsamkeit des Eises ist so weit weg wie der Mond.

Im Winter wächst das Eis bis zu uns. Wenn die Sonne im Februar untergeht, dann schimmert das Haff rot und gold und blau und weiß. Die Tropfen auf dem Schilf sind gefroren, sie blitzen wie Kristallglas.

# 24 Bomben auf Peenemünde

Ich war tatsächlich Jahre in Peenemünde, es müssen Jahre gewesen sein, in meiner Erinnerung fließen sie zusammen wie ein
Brei. Auf meinen Heimreisen habe ich den Krieg über Deutschland
herfallen sehen. Die Städte wurden von Bombenangriffen zernagt,
aus meinem Zugfenster sah ich immer mehr Ruinen. Lene erzählte
mir vom Luftalarm in Goch. Sie ist geblieben, bis zum Ende, als
noch ein paar hundert Menschen in den Kellern lebten. Ich konnte
nicht mehr nach Hause, wann ich wollte, Bahnanlagen waren zerstört. Auch wenn die Züge immer noch pünktlich waren, fuhren sie
nicht mehr jeden Tag. Manchmal kam ich über Hamburg auf die
Insel. Es dauerte ziemlich lange, weil die Fähre von Wolgast nur
zweimal am Tag verkehrte. Ich richtete mich in meiner eigenen
Kriegsroutine ein und merkte mir nicht viel.

Nur der Anblick der Häftlinge wurde nie zur Routine. Sie fuhren in von uns getrennten Zügen ins Werk, aber an der Verladesta-
tion sah ich sie jeden Tag und am Abend in Karlshagen. Die SS-
Leute trieben sie zusammen wie Vieh, es gab Schläge und Tritte
und bestimmt Schlimmeres. Ich machte die Faust in der Tasche
und schaute weg, wie die anderen. Die Strafe dafür gab es in der
Nacht. Ich wehrte mich nicht, das war nur gerecht. Ich hatte doch
die Lektion meines Vaters gelernt. Ein bisschen zumindest.

Ich spürte die kleine Begeisterung über das Projekt schon lange
nicht mehr, die mich in den ersten Monaten schon mal in einen
Tunnel der Vergesslichkeit versetzt hatte, der die Wirklichkeit
draußen ließ. Die Begeisterung war mit der Wirklichkeit unterge-
gangen. Wir schraubten für das Dritte Reich. Ich half dabei, dass
es nicht so schnell unterging. Obwohl ich keinen Schuss abgab in
diesem Krieg, war ich ein Soldat. Und ich war schuldig. Jedenfalls
fühlte ich mich so. Bis heute fühle ich mich so.

Ich stellte weiter kleine Metallteile her. Sie waren für eine Turbine und Flugkörper bestimmt, die ich nie zu sehen bekam. Im Werk wurde es immer militärischer. Angeblich hatte der Führer zu größten Anstrengungen aufgerufen. Auf meinen Zugreisen hörte ich hinter vorgehaltener Hand flüstern, dass der Krieg verloren sei. In Stalingrad war eine ganze Armee vernichtet worden. Die Zeitungen berichteten aber immer noch über deutsche Heldentaten. Im Werk hieß es wieder, wir arbeiten an einer Wunderwaffe. Die SS-Männer faselten vom Endsieg. Ihr Geschrei wurde mit jedem Tag, da der Endsieg unwahrscheinlicher war, lauter und unerträglicher.

An einem heißen Sommertag kommt das Böse auf die Erde. Es ist der 17. August 1943. Selbst hinter den dicken Mauern an meiner Werkbank sickert mir der Schweiß in den Hemdkragen, die Sonne bringt das Wasser am sogenannten Peenemünder Haken zum Dampfen, sie klebt am Himmel wie eine Strafe aus Gold. Als sie uns am Abend zurückfahren, ist mein Arbeitsanzug durchgeschwitzt. Ich trinke Wasser wie ein Maultier und will früh ins Bett. Walter liegt schon auf seiner Pritsche. Wir können beide nicht schlafen, weil der Vollmond ins Zimmer scheint, und die Hitze des langen Tages durch die dünnen Wände dringt.

Um kurz nach elf hören wir die Sirenen.

Wir haben natürlich Luftschutzübungen gemacht, aber die waren angekündigt. Das hier ist keine Übung. Draußen schreien Unteroffiziere Befehle. Wir springen in unsere Arbeitskleider, die zum Trocknen auf den Haken an der Wand hängen. Auf unserer Seite gibt es keinen Luftschutzkeller. Wir müssen rüber, näher an den Zaun, der Karlshagen von den KZ-Häftlingen trennt. Im Vollmond kann man den Weg gut sehen, aber wir geben auch perfekte Ziele ab. Leuchtspurmunition erhellt den Himmel zusätzlich. Um kurz nach eins fallen die ersten Bomben. Wir sind noch nicht im Keller, wir rennen. Die KZ-Häftlinge drängen an den Zaun, es sind

Hunderte. Sie rufen, sie winken, aber wir rennen vorbei, die Wachen sind nicht zu sehen. Wir sind im Keller, als die nächste Welle von Bomben niedergeht. Der Raum wackelt, Sand rieselt von der Decke, es ist beinahe so schlimm wie in den Schützengräben von Verdun. Und es ist eng.

Manche beten, alle haben Angst. Die Angst kann ich riechen, sie riecht sauer, und sie hängt im Raum. Der Angriff dauert nicht lange. Es waren die Tommys, hören wir. Und als wir aus dem Keller klettern, sehen wir die Leichen im Zaun. Fetzen der blau-weiß gestreiften Kleidung hängen in den Maschen. Überall Blut, auf dem Weg liegt ein Bein, im Gebüsch ein Kopf, die Mütze noch drauf, in einem Bombentrichter ein Holzschuh, wie durch ein Wunder völlig unbeschädigt, wie neu. Er glänzt im hämischen Licht des Vollmonds, es ist der schlimmste Schuh, den ich je gesehen habe. Ich will nicht hinsehen, kann aber den Blick nicht wenden. Warum haben wir den Zaun nicht aufgeschnitten, denke ich. Weitergehen, brüllen die Unteroffiziere. 733 Menschen sterben, 612 davon sind Zwangsarbeiter. Das lese ich viele Jahre später. In meinen Träumen sehe ich nun auch noch Bilder vom Zaun. Fast jede Nacht.

Ich muss wohl geschrien haben. Denn da sind sie wieder. Im Mondlicht, das nun durch ein anderes Fenster hereinscheint, sehen sie aus wie Techniker aus einem Film. Sie werfen sehr lange Schatten, über den Fußboden bis auf die Wand. Mach ihm mal die Riemen lockerer, sagt einer. Vorher geben sie mir eine Spritze, und ich wehre mich nicht. Es wird Nacht. Endlich.

Ich bin doch wieder aufgewacht, oder war das gestern? Vielleicht träume ich auch. Jedenfalls scheint die Sonne mitten in der Nacht, die Vögel singen draußen vor dem Fester, und ich trage keine Fesseln mehr. Aber sie haben mich gewarnt, Theater zu machen. Ich glaube, sie haben mir sogar Frühstück gebracht - Tee und zwei Scheiben Weißbrot. Vielleicht war auch das gestern. Sie haben nie viel Zeit, und sie reden nicht mit uns. Mein Bettnachbar schläft. Er ist viel jünger als ich. Wie ich trägt er einen gestreiften Schlafanzug, er sabbert im Schlaf und sieht nicht sehr schlau aus. Sie haben ihm keine Riemen angelegt. Wahrscheinlich ist er ein harmloser Irrer.

Vorgestern (gestern?, vorhin?) haben sie mich ins Badezimmer geführt. Ich kann nicht selbst gehen, sie setzten mich in einen Rollstuhl, am Waschbecken stützten mich zwei Mann. Ich putzte mir die Zähne, dann zogen sie mich aus und setzten mich in die Badewanne. Das Wasser war lauwarm. Ich sagte: „Das Wasser ist lauwarm." Sie sagten: „Bleib sitzen." Einer schrubbte mir halbherzig den Rücken. Dann spülten sie die Seife ab. Sie halfen mir ruppig aus der Wanne. Ich wurde abgetrocknet und in einen frischen Schlafanzug gesteckt, Lene hatte ihn meinem Sohn mitgegeben. Ich finde, es ist die Mühe nicht wert. Als ich wieder im Bett lag, gaben sie mir die nächste Spritze, und sie legten mir das Katheter an. Kann sein, dass es wehtut, ich merkte es nur durch einen Nebel. Sie klappten die Gitter an den Seiten hoch. Selbst wenn ich wollte, könnte ich nicht aufstehen. Mir fielen die Augen zu. Schon wieder.

Als ich das nächste Mal aufwache, ist mein Bettnachbar weg. Irgendwo näher am Fenster muss noch einer liegen, ich höre ihn atmen. Aber es ist stockdunkle Nacht. Durch das Fenster weht ein frischer Wind herein, er riecht nach Frühling.

Früher habe ich den Frühling gemocht, die kleinen, bunten Blüten, die aus den Wiesen kriechen, die grünen Blätter, wie sie aus den Ästen der Bäume schnellen, den Geruch der frischgepflügten Äcker. Alles wie ein Versprechen, so lebendig, so voller Kraft. Ich mochte auch den Sommer, wenn das Leben am Abend ein bisschen träge ist nach der Tageshitze. Jetzt bin ich selbst halbtot, in meinem Kopf rumpelt es herum, manchmal kann ich mich erinnern, manchmal nicht. Ich weiß schon lange nicht mehr, was für ein Tag ist, ob ich wach bin oder träume. Und wenn mein Sohn sagt, das wird schon wieder, glaube ich ihm natürlich nicht. Ich werde hier nicht mehr herauskommen. Das weiß ich. Ich weiß nur nicht, wie lange es dauern wird. Hoffentlich nicht mehr lange.

# 25 Versetzung nach Nordhausen

Nach dem Luftangriff haben wir die Werkstätten wieder aufgebaut, die Engländer haben bei ihren Luftangriffen nicht so getroffen, wie sie das wollten. Viele Bomben fielen in die Ostsee. Die Versuche gehen weiter, sagten sie im Werk. Ich feilte weiter die kleinen Metallteile. Die meisten Häftlinge verschwanden über Nacht.

Walter, der immer alles wusste, sagte: „Die haben sie nach Thüringen geschickt. Die Wunderwaffen werden nun dort gebaut. Wir testen hier nur."

Mich beruhigte das kein bisschen. Ich sah ihre Gesichter in jeder Nacht.

Ende des Jahres brauchten sie in Peenemünde nur noch die Spezialisten, wir Schlosser hatten nichts Richtiges mehr zu tun. Viele von uns wurden nach Thüringen geschickt, ich auch. Im Mittelwerk bei Nordhausen sollten wir die schwierigen Raketenteile montieren, erklärten sie uns. Ich freute mich tatsächlich auf ein wenig Abwechslung. Walter blieb auf der Insel. Er war nun Fahrer. „Pass auf dich auf", sagte er, „es ist bald vorbei." Er schaute sich zu allen Seiten um, bevor er das sagte.

In Thüringen arbeiteten wir in einer großen Halle am Anfang eines Stollens im Berg Kohnstein. Alles war taghell beleuchtet. Und ich weiß noch, dass ich zuerst alles sehr eindrucksvoll fand.

Was ich noch nicht wusste, aber bald erfuhr: Tag und Nacht trieben KZ-Häftlinge den Stollen weiter in den Berg. Sie mussten in den Seitengängen des Stollens leben. Anfangs schliefen sie auf dem nackten Boden, später auf übereinander gestapelten Holzpritschen. Für drei Mann gibt es eine Pritsche, erzählte mir einer an der Werkbank, der mal im Fahrstollen gearbeitet hatte. Sie teilen die Schlafzeiten unter sich auf. „Wo sie schlafen, da stinkt es, man kann es sich nicht vorstellen", sagte er, „in den Räumen sieht es aus wie in Kaninchenställen. Alles ist voller Menschen, am Boden liegen Schlafende neben Leichen. Halbe Ölfässer sind ihre Latrinen."

Wir bekamen sie zunächst fast nie zu Gesicht. Die SS hielt die Eingänge bewacht. „Es ist viel leichter als im KZ", sagte einer triumphierend, „wir brauchen nicht mal Zäune." Später, als der Stollen tief genug war, gab es irgendwann Baracken.

Monatelang sahen die Häftlinge kein Tageslicht. Es waren Tausende. Wer von ihnen nicht den Stollen vorantrieb, der musste dabei helfen, die großen Teile der Raketen an die Rampen zu bringen. Bei ihnen gab es keine aufgeräumten Werkstätten und Laboratorien. Es war eiskalt, und trotz der Nässe lag immer Staub von den Sprengungen in der Luft. Gift für die Lungen. Die Menschen starben. Und dann erst sahen wir sie. Täglich wurden Wagen mit Toten aus dem Stollen gebracht. Die Leichen wurden im Krematorium verbrannt. Als es immer mehr wurden, bauten sie Scheiterhaufen aus Bergen von Leichen. Auch diese Arbeit machten Häftlinge. Sie sahen selbst mehr tot als lebendig aus.

Ich hielt mich zuerst an meiner Arbeit fest, die viel komplizierter war als in Peenemünde. Die SS-Offiziere sagten, die Raketen bringen dem Führer den Endsieg. Vergeltungswaffen nannten sie die Raketen. Ich arbeitete an der Fieseler, die sie V1 nannten. Wie sie funktioniert, verstand ich nicht, es hat etwas mit Sauerstoff zu tun. Ich machte kleine Zuleitungen, setzte Kammern zusammen und drehte Verschlüsse.

Irgendwo in dieser Unterwelt wurden zwischendurch auch Düsenflugzeuge zusammengebaut. Auch da musste ich ein paar Wochen mitmachen. „Der Führer", erklärte ein Ingenieur in der Werkstatt, „braucht Strahlenflugzeuge." Ein Techniker erzählte mir, dass nirgendwo auf der Welt genügend Treibstoff für die Flugzeuge aufgetrieben werden könne. Damit hatte er wohl Recht, denn schon bald schraubten wir wieder an Raketen. Ich hörte, dass wir die Produktionszahlen nicht erreichen. Die Hälfte aller Raketen war defekt. Schöne Wunderwaffe, dachte ich.

Für die Fehler machten die hohen Herren die Häftlinge verantwortlich. Sabotage, brüllten die SS-Schergen. Monatelang hängten sie jeden Tag mindestens 30 Mann auf. Immer in der Öffentlichkeit, alle mussten zusehen. Meine Faust in der Tasche war ganz schlaff geworden. Ich war taub und dumpf, wenn ich sie am Strick zappeln sah. Vielleicht haben sie es jetzt besser, dachte ich manchmal. Meistens dachte ich nichts. Es war noch schlimmer als Verdun, noch viel böser. Und wir machten alle mit, es gab keinen Aufstand, nicht einmal laute Widerworte.

In unserer Baracke lernte ich einen Bergmann kennen. Er kam aus Hückelhoven. Das ist gar nicht weit weg von meiner Heimat, irgendwo zwischen Düsseldorf und Aachen. Er war vor dem Krieg Steiger auf der Zeche Sophia-Jacoba und hieß Josef. Er half beim Vortrieb der Stollen in den Berg, erklärte den Ingenieuren, wie man den Berg abstützt. Und er sagte ihnen, was er unter Tage über die Belüftung der Stollen gelernt hatte. Das Belüften interessiert sie nicht, sagte er mir, und dass er den Anblick der krepierenden Häftlinge nicht mehr sehen könne.

Weil es für ihn vorn bald nichts mehr zu tun gab, wo längst ein eigener geschlossener Kreislauf aus Vorwärtsnagen und Sterben entstanden war, stellten sie ihn zu uns in die Werkstatt. Wir arbeiteten an der Drehbank an Teilen, von denen wir selbst nicht wussten, wozu sie nötig waren und ob sie jemand benötigte.

Josef war sehr geschickt. Und er erzählte gern. Von seinem kleinen Zechenhaus, in dem nun seine Frau allein mit zwei Söhnen und einer Tochter saß. Von der Arbeit in 1000 Meter Tiefe, davon, wie warm es da war. Und vom Schnäpschen nach dem Einfahren und nach Feierabend. Ich glaube, seine Nase glühte dabei. Er hatte eine große, fleischige Nase, die immer ein bisschen rot leuchtete, und obwohl er 15 Jahre jünger war als ich, hatte er nur noch wenige Haare, die sich dem Kamm widersetzten. Die Haare machten, was sie wollten. Josef war das offenbar gleich. Er war schnell der Mittelpunkt in der Werkstatt.

Wenn Josef von zu Hause erzählte, gingen wir alle dankbar die paar hundert Kilometer mit in die andere Welt, die zwischen den Kriegen, die jenseits von diesem Wahnsinn, den wir wie in einem Alptraum erlebten.

An einem Abend erzählte Josef von seinem alten Onkel, der schon viele Jahre als Missionar in Afrika lebte. Einmal im Monat kam ein langer Brief.

„Mein Onkel hat eine feine Handschrift", sagte Josef.

Der Onkel berichtete von seltsamen Sitten. Die Frauen, schrieb er, schieben sich Platten aus hartem Holz in Unter- und Oberlippe, sie sehen dann aus wie Enten mit ganz dünnen Schnäbeln. Ihre Haut färben sie mit roter Farbe, die sie aus kleinen Tieren gewinnen. Und in ihre Arme ritzen sie Zeichen. Sie laufen den ganzen Tag halbnackt herum. Sie finden das überhaupt nicht schamlos. Und der Onkel hat es aufgegeben, ihnen zu sagen, dass es schamlos ist. Er selbst trägt bei jedem Wetter seine Kutte. Die Kinder ziehen ihn damit auf.

Er erklärt ihnen, dass er es seinem Herrgott geschworen habe. Die Kinder sagen, dass dieser Gott in einem kalten Land leben muss. Ihre Götter leben in den Bäumen, an den Quellen und in der Luft, sagen die Erwachsenen. Und dass die Götter keine Vorschriften über Kleider machen. Ein paar Jahre hat der Onkel an der Stelle immer versichert, dass es nur einen Gott gebe. Das hat er inzwischen auch aufgegeben. Zum Dank schicken ihm die Erwachsenen morgens die Kinder in ein kleines Haus, das Josefs Onkel selbst gebaut hat. Eigentlich ist es nur ein Dach, das auf acht Pfeilern ruht. Das Dach ist wichtig, weil es manchmal ordentlich regnet.

In dem kleinen Haus erzählt er den Kindern von wirklich kalten Ländern, in denen gefrorenes Wasser vom Himmel fällt und dass gute Menschen ewig leben. Die Kinder lachen dann oft und machen ganz große Augen. Der Onkel schreibt, dass er ihre Sprache lernt und sie die seine. Manchmal vergisst er seine Mission. Dann sitzt er vor dem kleinen Haus und schaut der Sonne beim Untergehen zu. Der ganze Himmel ist dann rot, schreibt der Onkel, und über dem Horizont flimmert es wie über dem Feuer, das sie abends entzünden, damit die wilden Tiere nicht in ihr Dorf kommen. Das ist wirklich weit weg von unserer Welt in Thüringen.

Heute weiß ich, dass Josef erzählte, damit er die Grube vergaß, die vor uns in den Berg wuchs. Seine hellblauen Augen flackerten, wenn wir auf dem Weg zur Baracke an den Scheiterhaufen vorbeiliefen. „Wir kommen alle in die Hölle", sagte er dann oft. Und dabei schaute er über die Schulter, damit er sicher sein konnte, dass niemand zuhört. Das hatten wir uns alle angewöhnt. Wir trauten den eigenen Träumen nicht mehr über den Weg. Wir waren längst in der Hölle, wir waren Hilfsteufel, Räder in einer großen Maschine, die Verderben produzierte. Wie ich das ausgehalten habe? Ich weiß es nicht. Viele Monate liegen vergraben unter einem dicken, klebrigen Nebel.

Aber da war auch noch ein Rest von Anstand.

„Ich kann das nicht mehr mitmachen", sagte ich.

„Dann gehen wir eben hier weg", sagte Josef.

„Und was passiert mit unseren Familien, wenn wir verschwinden?"

Er zuckte mit den Achseln. „Gar nichts, das merken die gar nicht. Hier herrscht doch schon lange das Chaos." Sein rechter Arm beschrieb einen kleinen Kreis. Überall, sollte das heißen.

Und er hatte Recht. Im täglichen Wirrwarr um neue Projekte gab es immer neue Befehle. Innerhalb des Werks wurden wir ständig an andere Arbeitsplätze gebracht. Die SS verlor den Überblick. Sie hatte mit der Todesfabrik am Ende des Stollens genug zu tun, der Wahnsinn fraß das System von innen.

Wir bekamen immer noch manchmal Wochenendurlaub, und Josef wollte einfach nicht mehr zurückkommen. Den Mut hatte ich nicht. Vielleicht hatte ich auch mehr Fantasie. Der Zufall half uns.

## 26 Die Flucht

Es gab täglich Bahntransporte von und nach Peenemünde. Während von Braun und seine Führungskräfte mit Flugzeugen nach Nordhausen kamen, wurden Raketenteile immer noch mit den Zügen nach Thüringen gebracht. Dazu wurden sie in Peenemünde auseinandergenommen und im Mittelwerk neu zusammengesetzt. Weil Josef und ich uns auskannten mit der Montage, wurden wir für so eine Fahrt eingeteilt. Sie führte uns auf dem Rückweg über das Städtchen Anklam auf der Festlandseite vor der Insel Usedom. Otto Lilienthal ist hier geboren, der Flugpionier. Zu anderen Zeiten hätte mich das sehr beschäftigt, es soll auch ein kleines Museum mit seinen Flugmaschinen geben. Aber daran dachte ich nicht.

Peenemünde war mir seltsam klein vorgekommen und auch seltsam friedlich. Die Sonne tauchte die Ostsee am Morgen in ein sanftes rotes Licht, am Strand teilten sich Möwen und Krähen angeschwemmte kleine Muscheln. Und als der Zug über die Insel rumpelte, sahen die Wälder aus, als sei der Krieg ein böser Traum gewesen. Selbst Anklam erschien in einem sorgenfreien Licht, der trutzige Kirchturm, den man von weitem sah, das Moorland hinter der Eisenbahnbrücke, die Peene, die ihren Weg Richtung Oderhaff floss. Ein Sommertag aus dem Bilderbuch, träge und warm schob er sich voran, am Peeneufer schwammen Vögel mit schwarzem Gefieder auf dem Rücken und einem weißen Bauch.

Im Bahnhof gab es einen längeren Halt, irgendein Problem mit der Lokomotive. „Langsam kriegen sie alles kaputt", raunte Josef. Und da musste ich auch lachen. In der Ecke des Abteils döste ein Unteroffizier von nicht einmal 20 Jahren, ein richtiges Bubigesicht. Er hatte es nicht gehört. Möglicherweise hätte es ihn auch nicht interessiert.

Plötzlich heulten die Sirenen, am Tag.

Die Engländer kamen. Sie bombardierten den Flugplatz, und sie bombardierten die Innenstadt. Während der Flugplatz die ersten Treffer erhielt, rannten wir aus dem Bahnhof in den erstbesten Keller. Es gab keinen Luftschutzwart, und ich betete, dass die Decke halten würde. Frauen und Kinder drängten sich aneinander. Der Unteroffizier, Josef und ich waren die einzigen aus dem Zug, der nach Nordhausen zurückfahren sollte. Die Luft brummte von den Flugzeugen, und nach den Einschlägen wackelte der ganze Keller. Einmal hörte es sich so an, als sei die Welt über uns eingestürzt, unter der Tür staubte es in den Raum. „Wir müssen hier raus", sagte Josef, „wir werden sonst lebendig begraben." Der Unteroffizier schaute so bang wie die Kinder, er war ja fast noch ein Kind.

Die Tür mussten wir aufhebeln. Etwas Schweres drückte von der anderen Seite. Es waren die Trümmer des Hauses, das tatsächlich eingestürzt war. Mit bloßen Händen räumten wir die Steine weg, der Schutthaufen rutschte immer wieder nach, aber am schlimmsten war der Staub. Josef riss Stücke aus dem Unterhemd und band sich Stofffetzen vor Mund und Nase. Ich machte das nach, es half ein bisschen. Wir arbeiteten bestimmt zwei Stunden, dann gab der Berg noch einmal nach, wir sahen eine kleine Lücke, und wir rochen die Luft - sie roch verbrannt, aber sie roch doch auch nach Luft. Eine halbe Stunde später waren wir draußen. Die anderen aus dem Keller zogen wir nach. Die Kinder weinten nicht mal mehr, so tief saß der Schreck, Tränen, Rotz und Wasser hatten Spuren in ihre verstaubten Gesichter gemalt. Von Anklam war nicht mehr viel übrig, der Bahnhof lag in Trümmern, und unser Zug würde bestimmt so bald nicht mehr fahrtüchtig werden.

Der Unteroffizier ging langsam wie ein Gespenst zum Bahnhof, und Josef zog mich am Hemdsärmel in eine von Trümmern übersäte Straße. „Wir hauen ab", sagte er, „hier erkennt uns doch keiner." Wir sahen aus wie Statuen aus Staub, wo wir die Tücher übers Gesicht gezogen hatten, waren dunkle Flecken.

Wir stiegen über Geröllberge, vorbei an ratlosen Menschen, die wie Figuren aus einem großen Spiel, die irgendjemand auf dem Spielfeld vergessen hat, in den Trümmern standen. Wir gingen nach Westen, raus aus der Stadt.

Außerhalb der Stadt roch die Luft nicht mehr nach Feuer und Staub. Wir gingen am Rande eines Moors entlang und nahmen Feldwege, die uns vertrauenerweckend schienen. Die Bäume im Moor reckten ihre kahlen, schwarzen Äste in die Höhe, die langsam sinkende Sonne ließ sie böse aussehen. Wir warfen lange Schatten.

Am Abend sahen wir einen Bauernhof, der ganz allein in den Feldern hinter dem Moor lag. „Vielleicht gibt es eine Scheune, in der wir uns verstecken können", sagte Josef. Ich fand das gefährlich, aber noch gefährlicher wäre es, auf offenem Feld zu bleiben. Wir schlichen uns heran. Der Hof hatte ein großes Tor und war im Viereck gebaut. Vom Feld aus konnte man sehen, dass im Wohnhaus ein kleines Licht brannte und dass vor dem Haus auf dem Kopfsteinpflaster ein alter Pflug mit leicht angerosteten Scharen stand. Die Scheune musste sich innerhalb des Vierecks befinden.

Wir hatten nicht den Mut, uns da einzuschleichen. Aber hinter dem Hof gab es eine Rübenmiete, die bot zumindest Sichtschutz. „Wir bleiben erst einmal dahinter", entschied Josef, „für die Nacht ist es ja warm genug." Erst im Sitzen merkten wir, wie hungrig wir waren. Ich schälte mit meinem Taschenmesser zwei Rüben, wir aßen sie roh. Das musste für die Nacht reichen.

Wir waren schon zwei seltsame Gesellen, mit unseren verstaubten Gesichtern und den staubigen Anzügen. „Hoffentlich kommt hier keiner vorbei", sagte ich. „Das ist doch das Ende der Welt", sagte Josef und zeigte aufs Moor. „Da traut sich nachts keiner lang."

Es wurde eine lange Nacht. Wir beschlossen, abwechselnd zu schlafen, jeder zwei Stunden, dann wieder der andere. Ich nahm

die erste Wache, Josef schlief sofort ein. Er lehnte an der Rübenmiete, und sein Mund stand halboffen. Er schnarchte leise. Es war
sehr still auf diesem Feld, ab und zu raschelte es, ich glaube, das
waren Mäuse, aber gesehen habe ich nichts.

Ich stellte mir vor, dass diese Stille auch Frieden sein könnte,
ich dachte an zu Hause, und ich wünschte mir diesen Krieg ganz
weit weg. Es war so ein Wünschen, wie es die Kinder machen,
wenn sie in den Tag hineinträumen, wie auch wir es machen, wenn
es Nacht ist und die Zeit zwischen Wachen und Träumen dahin-
treibt. Die Welt war nicht nur still, sie war auch dunkel. Von Anklam war nichts zu sehen, bestimmt war Verdunklung befohlen,
obwohl die Engländer in dieser Nacht sicher nicht zurückkommen
würden. Dafür hatten sie viel zu gründliche Arbeit abgeliefert.

Wie lange würde das noch gehen, wie viele Bomben mussten
eigentlich noch fallen, ehe es endlich vorbei war? Mir musste niemand mehr erzählen, dass Hitlers Reich schon lange besiegt war.
Es schlug nur in seinen letzten Zuckungen wild um sich. Waren es
nur Tage, würden es noch Monate? Würden wir noch einmal ein
normales Leben führen? Wie lange war das her, dass ich ein normales Leben geführt hatte?

Ich dachte an Lene, die jetzt in unserem Haus, in unserem
Schlafzimmer lag. Hoffentlich kriegt die Stadt nicht auch noch Besuch von den Engländern, dachte ich. Josef rutschte im Schlaf auf
die Seite, erwachte kurz, hustete und schlief weiter.

Später, als ich dran war, wurde es feucht am Boden und ungemütlich, obwohl es Sommer war. Ich schlief trotzdem meine zwei
Stunden. Ich glaube, ich träumte von einem Mann, der ein Netz
aus dem Wasser zieht und Fische zählt. Jeden 50. Fisch wirft er
wieder ins Wasser. Er steht auf einem Holzboot, das leise in den
kleinen Wellen schaukelt. Auf dem Boden des Boots liegen Schuppen, sie glänzen im Mondlicht wie geschlagenes Metall. Der Mann
trägt eine dicke Jacke und eine Mütze aus Wolle.

Als er das Netz wieder ins Wasser wirft, wurde ich wach. Josef war eingenickt, es wurde Tag da hinten über dem Wasser, die Vögel hatten längst zu singen begonnen, und vielleicht 50 Meter entfernt stand ein kleiner Junge, der uns beobachtete. Ängstlich wirkte er nicht, eher neugierig. Ich legte den Zeigefinger an die Lippen und versuchte ein Lächeln. Es ist wahrscheinlich schief ausgefallen. Der Junge schaute ernst, dann lief er zurück auf den Hof.

Ich rüttelte Josef. „Ich glaube, wir müssen hier weg", sagte ich. Doch bevor Josef so richtig bei sich war, kehrte der kleine Junge zurück, an der Hand einer Frau, seiner Mutter. Die Frau sprach uns an. „Ich kenne euch, ihr habt uns gestern aus dem Keller geholfen." Ich konnte mich nicht erinnern. Als wir aus dem Keller gekrochen waren, sahen wir alle wie verstaubte Statuen aus, an Josef und mir war der Staub in der Nacht zu einem klebrigen Dreck geworden, ich wollte mir nicht vorstellen, was wir für einen Eindruck machten. Die Frau hatte ein helles Gesicht, frisch gewaschen, sie trug ein hellgrünes Kopftuch und einen dunklen Kittel. Ich hatte kein Bild von ihr aus dem Keller.

Aber sie erkannte uns offenbar unter der Dreckkruste. „Kommt mit", sagte sie.

Sie führte uns in den Hof.

Wir waren reichlich verlegen.

„Aber wir sind Dienstverpflichtete, was ist, wenn sie nach uns suchen?", fragte ich.

„Hier sucht keiner mehr, die haben in der Stadt genug zu tun", antwortete die Frau. Sie hatte eine feste Stimme. Man hörte ihr an, dass sie etwas zu sagen hatte in diesem Haus.

In der Haustür lehnte ein alter Mann mit einem gewaltigen weißen Schnurrbart, der über der Oberlippe ein bisschen gelb schimmerte wie bei einem starken Raucher.

Er musterte uns wortlos und wirkte überhaupt nicht erstaunt. Auch unser Aussehen schien ihn nicht zu wundern, und es gab weder eine lange Begrüßung noch große Fragen. Die Leute reden nicht viel in diesem Landstrich, das gefiel mir.

„Vater, die beiden Männer haben uns geholfen, beim Luftangriff aus dem Keller zu kommen. Die bleiben erst einmal hier", sagte die Frau.

Hinter dem Opa drückte sich der Bruder des kleinen Jungen, der uns entdeckt hatte. Er blickte scheu an seinem Großvater vorbei. Aber auch er wirkte nicht ängstlich. Die Jungs waren vielleicht sechs und acht Jahre alt, im Schätzen war ich nie gut.

„Geht euch erst mal waschen", sagte der alte Mann.

Er führte uns in eine Art Scheune, in der ein Waschbottich voller Wasser stand. Dann ging er ins Haus und kehrte mit Hosen und Jacken zurück.

„Müssten euch passen", knurrte er, „die Sachen sind von meinem Sohn und vom Knecht."

Die Frau erzählte uns, dass beide im Krieg seien. Seit Monaten hatten sie nichts von ihnen gehört.

„Macht euch keine Sorgen", sagte Josef, „der Krieg ist bald vorbei."

„Aber wenn sie trotzdem nicht zurückkommen?"

Darauf wusste sogar Josef keine Antwort.

Sie gab uns zu essen, Brot und Käse, sogar ein Stück Schinken, wir aßen hungrig und dankbar. Und wir tranken heißen Kaffee. Eine ungeheure Wohltat nach dieser Nacht, was für ein Glück. Für ein paar Stunden hatte ich keine Fragen. Wir saßen in einer großen Küche mit dunklen Holzmöbeln an einem großen Tisch. Die Kinder hockten uns gegenüber auf einer Bank. In der Ecke über dem Tisch hing ein Hochzeitsfoto. Es zeigte die Frau mit dem Kopftuch in einem weißen Kleid und einen jungen Mann im dunklen Anzug, der blass in die Kamera schaute. Im Fenster sahen wir die Sonne schnell aufsteigen. Es wurde wieder ein Sommertag, den man ins Bilderbuch hätte malen können.

Die Kinder zeigten uns eine Spielzeuglokomotive aus Holz. „Die hat Opa gemacht", sagte der kleine Junge, der uns gefunden hatte. Die Lokomotive war schwarz mit roten Rädern und einem roten Schornstein. „Die ist aber schön", sagte Josef, „da, wo ich zu Hause bin, machen wir die Kohlen für die Lokomotive."

„Darum wart ihr so dreckig", sagte der Junge.

Josef lächelte. „Nein, das kommt von dem Staub im Keller. Gestern, als es so gerumst hat, weißt du noch?"

„Die Bomben", sagte der Junge. Er nickte ernst, „wir haben Glück gehabt, oder?"

„Ja", sagte Josef, in seine Augenwinkel schlichen sich Angst und Unsicherheit. Ich hörte seine Gänsehaut auf den Armen leise wachsen. Aber mit einer Hand wischte er den Gesichtsausdruck weg.

„Soll ich euch erzählen, wie wir das zu Hause machen mit der Kohle für die Lokomotive?"

Die beiden Jungen rückten auf der Bank nach vorn, ihre Arme lagen auf dem Tisch, die Augen waren ganz groß.

„Zuerst", sagte Josef, „treffen wir uns in einem großen Haus."

„Eine Fabrik?", fragte der eine.

„Ja, eine Fabrik. Wir gehen in einen riesengroßen Raum, noch größer als eure Scheune, und da ziehen wir uns die Arbeitssachen an."

„Weil ihr so schmutzig werdet?"

Josefs Lächeln war zurück. „Genau. Damit wir unsere sauberen Sachen nicht auf den Fußboden legen müssen und da dreckig machen, hängen wir sie an einen Haken und ziehen den Haken an einer Metallkette bis fast unters Dach."

„Und wie findet ihr die später wieder?"

„Jeder hat seine eigene Kette und seinen eigenen Haken, an der Kette hängt ein kleines Schild mit einer Nummer. Dann gehen wir in einen anderen großen Raum und steigen in einen Förderkorb."

„Was ist ein Förderkorb?"

„Das ist ein Zimmer aus Metall, in dem ganz viele Menschen stehen können. Der Korb hängt ebenfalls an einer Kette, und er fährt tief in die Erde."

„Habt ihr da ein Loch gegraben?"

„Das haben andere vor uns getan. Das Loch ist senkrecht und mehr als 1000 Meter tief."

„Tiefer als ein Kaninchenloch?"

„Viel tiefer. Von hier bis zum Moor tief. Da unten wächst die Kohle für Lokomotiven und Öfen. Wir ernten sie aus den Wänden und fahren sie nach oben. Jeden Tag."

Es dauert ein bisschen. Die Kinder fahren mit in den Berg und wieder hinauf. „Und wie kommt die Kohle in die Lokomotive?"

„Wir fahren sie mit großen Lastautos bis zur Bahn oder zum Kohlehändler."

„Und der bringt sie bis zu uns?"

„Genau." Josef schaute mindestens so zufrieden wie die beiden Jungs. Für einige Zeit sahen sie sich einem ganz tiefen Kaninchenloch voller Kohlenstaub. Josef, weil er das kennt, die Kinder, weil sie in seinen Augen einen schönen Glanz sehen. Es musste schön sein in dem großen Kaninchenloch.

Für einen ganzen Tag war der Krieg weit weg in diesem Bauernhaus hinter dem Moor.

Am Abend gab es Kartoffeln mit Quark, es war wie eine Haltestelle für einen Zug, der seit Jahren durch einen schlimmen Traum rast, eine Station jenseits dieser furchtbaren Welt, knapp zehn Kilometer hinter Anklam, der Stadt von Otto Lilienthal.

Der alte Mann bot uns Zigarren an. Josef nahm eine, vor lauter Glück hätte ich auch beinahe eine genommen.

Wir dachten an Nordhausen und die Heimat. Ich sagte, wie wütend ich auf die Nazis war, ohne die ich in der Schmiede stehen könnte oder an den Maschinen von Jurgens und Prinzen. Vielleicht würde Fritz meinen Jungen mitnehmen zum Fußball, vielleicht würde ich mitkommen und dem Spiel zusehen. Am Wochenende würde ich ein paar Pferde beschlagen oder einfach vor dem Haus sitzen. In aller Ruhe. Ich konnte mir sogar vorstellen, dass ich mit einem Bier vor dem Haus sitzen würde, während die Sonne über dem Haus von Sternefeld untergeht und in die Wiesen über Hassum sinkt, rot und langsam. Dabei vergoldet sie die Grashalme.

Der alte Mann erzählte von der Rübenernte und wie im Herbst die Ernte zur Zuckerfabrik nach Anklam gefahren wurde. „Das geht dieses Jahr bestimmt nicht", sagte er. Wahrscheinlich hatte die Fabrik beim Luftangriff etwas abbekommen. Und es gab ohnehin weder Arbeitskräfte für den Hof noch Fuhrunternehmen. Sie alle waren für den Führer und seinen Endsieg unterwegs, wie wir in Peenemünde und Nordhausen.

Auch bei den Rüben dachte ich an zu Hause. In Goch wurde Rübenkraut daraus gemacht, wir aßen es auf Brot und Käse. Viele Bauern fuhren ihre Ernte zur Zuckerfabrik. Lene machte Eintopf mit Rüben. Bei dem Gedanken wurde mir im Magen ganz weh. Nicht nur im Magen.

Vielleicht hatte Josef auch Schmerzen. Er trank mit dem alten Mann einen Schnaps. Das brachte seine Nase und seine Wangen zum Leuchten. Unter seiner Haut hatte er ein Geflecht von kleinen Adern, das er auf diese Weise in Brand stecken konnte.

Aber er war traurig. Natürlich dachte er an die Nazis. „Wir haben doch selbst einen in der Familie", sagte er. „Das hat doch jeder", sagte der alte Mann. „Aber nicht wie wir", entgegnete Josef.

Sein Schwager sei ein großes Tier im KZ Buchenwald, erklärte er, SS-Scharführer, der für die Vernehmung der Häftlinge zuständig ist. Wir hatten in Nordhausen gesehen, wie sie mit den Häftlingen umgehen. In Josef arbeiteten nun solche Bilder und das Bild von seinem Schwager. „Früher war er bei der Polizei, aber sie konnten ihn gut gebrauchen, ich schäme mich so."

Wir mussten Josef trösten. Dazu brauchte es noch ein paar Schnäpse mehr. Man konnte seinen Kopf im Dunkeln sehen.

Weil Josef in trübe Gedanken versunken war, erzählte ich eine der alten Gocher Geschichten, die ich noch aus der Schule kannte, eine Geschichte von Verrat und Rache und Gerechtigkeit. Sie handelt vom Porte Jäntje. Er hieß eigentlich Peter Bongardt, und er war vor 350 Jahren einer der Torwächter in unserer Stadt. Die Stadt war im Mittelalter gegründet worden, und zwischen den Mauern, die sie zum offenen Feld und zu den Bleichwiesen an der Niers schützten, standen vier Tore: das Frauentor, das Mühlentor, das Voßtor und das Steintor. Das Steintor hat sogar das 1000-jährige Reich überstanden, es steht noch heute und beherbergt das Stadtarchiv.

Das Voßtor grenzte Goch vom Einflussgebiet des niederländischen Geldern ab. In Goch herrschten holländische Protestanten, aber die katholischen Spanier lauerten schon lange darauf, die Stadt zu erobern. Mit der Aussicht auf eine Menge Geld versuchten sie, Porte Jäntje zu bestechen. Die Versuchung war groß, und

Porte Jäntje erlag ihr. Er fertigte einen Wachsabdruck vom Schlüssel des Voßtors, den er den Spaniern über die Stadtmauer werfen wollte.

Aber er wurde bei der Absprache für den Verrat belauscht, ein Gocher überwältigte Jäntje. Man warf ihn ins Gefängnis, und natürlich sollte der Verräter hingerichtet werden. Dazu kam es nicht, denn er brachte sich in der Zelle mit Gift um, das er in böser Ahnung im Hosensaum versteckt hatte. Dennoch statuierte die Gocher Obrigkeit ein Exempel am untreuen Torwächter. Sie ließ ihn vierteilen, steckte seinen Kopf auf auf eine Lanzenspitze und stellte sein Haupt auf dem Voßtor aus. Niemand hat je wieder versucht, den Spaniern den Schlüssel zur Stadt zu geben.

Es ist eine ziemlich grausige Geschichte, mir war das vorher gar nicht so bewusst gewesen, aber ich sah es in den Augen meiner Zuhörer, zum Glück waren die Kinder bereits im Bett. Ich fand die Geschichte trotzdem gut, weil sie etwas vom Zusammenhalt erzählt und von Gerechtigkeit. Schon wieder Gerechtigkeit. So etwas ist heute nicht mehr so leicht wie vor 350 Jahren. In diesen Kriegsjahren gab es keine Gerechtigkeit. Vielleicht wollte ich lieber im Mittelalter leben, vielleicht erzählte ich deshalb die Geschichte, die in Goch jeder kennt.

Der alte Mann kannte auch eine Geschichte aus der Zeit vor 350 Jahren. Er erzählte von Anklam im 30-jährigen Krieg, von der Besetzung durch die Schweden, von drei großen Pestseuchen und den Gräueltaten, die schwedische Besatzer an der Bevölkerung verübten. Er erzählte vom Schwedentrunk, einem besonders grauenhaften Gebräu, das in der Folter eingesetzt wurde. Und während er erzählte, wurde er selbst ganz blass. Als Pest und 30-jähriger Krieg vorbei waren, war die einst bedeutende Hansestadt eine Kleinstadt wie so viele andere. „Anklam hat sich nie wieder davon erholt", sagte der Mann, und sein Schnurrbart hing herab wie bei einem weißhaarigen Walross. Schlimmer als nach dem Bombenangriff aber konnte Anklam auch nach dem 30-jährigen Krieg nicht ausgesehen haben. „Dieser Krieg", stellte Josef fest, „braucht keine 30 Jahre, um alles zu kaputt zu machen." Jetzt schauten wir alle traurig. Vor Einbruch der Nacht habe sogar ich einen Schnaps getrunken.

Wir schliefen in der Scheune.

Ich schlief wie ein kleines Kind und machte mir keine Sorgen. In meinen Träumen war ich ein Rübenbauer in einem Kohlenkeller.

Und am Morgen sagte ich: „Hier können wir nicht bleiben."

„Warum nicht?", fragte Josef, „wir können uns doch nützlich machen."

Ich winkte ab. „Wie denn? Die Kartoffeln sind drin, bis die Rüben so weit sind, dauert es noch Monate, Tiere habe ich nicht gesehen. Und die haben doch kaum genug für sich selbst."

„Aber sollen wir denn hin?"

„Wir gehen nach Westen", entschied ich.

„Toller Plan", sagte Josef.

Aber er ging mit. Natürlich ging er mit.

Wir gingen nur in der Nacht, tagsüber versteckten wir uns hinter Büschen, in Scheunen, in verlassenen Höfen, die großen Städte mieden wir. Unser Essen stahlen wir, auch mal ein Hemd oder eine Hose, die nach der Wäsche zum Trocknen an der Leine hingen. Einmal entdeckte uns ein alter Bauer auf seinem Hof. Ich dachte, das war es jetzt. Aber er ging weg und kam mit Brot und einem Stück Wurst zurück. Er sagte nichts. Ich glaube, ich habe ein bisschen geweint, obwohl ich mich dabei selbst nicht leiden konnte. Ich habe nie wieder so viel geweint wie in diesen Tagen. Manchmal war ich verzweifelt, manchmal glücklich - wie bei dem Mann, der uns etwas zu essen brachte. Ich benahm mich wie Else, die bei jeder Gelegenheit weinen konnte.

Josef weinte laut und ausdauernd, wahrscheinlich sind die Rheinländer so. Seine Augen lagen inzwischen tief in den Höhlen, er hatte bestimmt 15 Kilo abgenommen, sein Kopf wurde kleiner, die Ohren immer größer, das Fleisch schien in die Ohren zu ziehen. Die Kleidung schlabberte uns am Leib, sie starrte vor Dreck. Wir froren oft.

Wir blieben immer nur bis zur nächsten Nacht.

Es dauerte drei Monate, wir liefen wohl einen ordentlichen Zickzackkurs, fünf Kilometer rechts, zehn Kilometer links. Am schwierigsten wurde es, wenn der Mond nicht schien. Dann liefen wir auch mal im Kreis. Aber wir gaben nicht auf.

In der Nähe von Düsseldorf haben wir uns getrennt. Josef wollte sich nach Hückelhoven durchschlagen. Ich ging noch bis Krefeld, ausnahmsweise machte ich keinen Umweg um die Stadt. Die Heimat war zu nah, und ich fühlte mich wie ein Esel, dem an einem Stock eine Möhre hingehalten wird. Nach drei Monaten hielt ich es nicht mehr aus. Auf dem Güterbahnhof versteckte ich mich am frühen Morgen in einem Zug, der Kohle geladen hatte. Die Schilder an den Waggons zeigten, dass es irgendwann Richtung Goch gehen sollte.

Der Zug fuhr am Nachmittag ab und kam bis Kevelaer. Ich blieb auf dem Waggon, inzwischen schwarz wie ein Schornsteinfeger, und wartete, bis es ganz dunkel wurde. Die Straße nach Goch kannte ich natürlich. Es war ziemlich kalt, ein später Herbsttag, die Straße schimmerte im Mondlicht silbern vom Raureif. Ich fror, auch weil ich ein bisschen Angst hatte. Aber das gestand ich mir nicht ein. Darin war ich nie gut.

Mitten in der Nacht kam ich in Goch an. Ich ging in den Tor-weg, über den unser Haus gebaut ist, und warf kleine Steine ans

Schlafzimmerfenster. Lene wurde wach und kam ans Fenster. Sie hat mich zuerst für ein Gespenst gehalten, klapperdünn und schwarz, wie ich da unten stand. Dann hat sie mich erkannt. Sie rannte im Nachthemd die steile Treppe hinunter und schloss mir an der Schmiede auf. Tränen liefen über ihre Wangen. Sie wollte mich umarmen, aber das war mir peinlich, ich war doch viel zu dreckig. Und Umarmungen waren nie meine Sache. Nicht mal bei Lene, bei anderen schon gar nicht.

In der Waschküche im kleinen Innenhof habe ich mich gewaschen. Zum ersten Mal seit Monaten trug ich frische Sachen, den alten schon zerlumpten Anzug haben wir am nächsten Tag verbrannt. Ich glaube, ich habe zwei Tage geschlafen.

## 27 Angriff auf Goch

Unsere Familie war in den Kriegsjahren gewachsen. Meinen Bruder Fritz hatten sie doch noch zum Volkssturm eingezogen. Nun versorgte Lene unseren Sohn und die vier Kinder von Fritz, die bei uns in einer Wohnung unter dem Dach lebten. Die Frau von Fritz war 1938 gestorben.

Den Kindern haben wir gesagt, dass sie uns aus Peenemünde nach Hause geschickt haben. Von Thüringen habe ich nichts gesagt, und dass ich mitten in der Nacht von Kohlenstaub ganz schwarz über den Torweg gekommen war, hatte niemand gesehen. Zum Glück war meine Tochter als Krankenschwester in einem Lazarett, sie hätte die Geschichte wahrscheinlich nicht geglaubt. Vielleicht hätte sie uns trotzdem nicht verraten. Auch ihr Glaube an das 1000-jährige Reich und die Unfehlbarkeit des Führers muss hinter der Front und an den Krankenbetten mit den zerschossenen Leibern gelitten haben. Das hat Lene mir erzählt. War ich froh darüber? Kann sein.

In Goch lebten nur noch ein paar hundert Menschen. Sie ignorierten die Evakuierungsbefehle, und sie scherten sich auch nicht um die Ankündigung von Zwangsräumungen. Erschossen wurde keiner, obwohl das angedroht war. Wenn die Polizei auftauchte, verschwanden die Menschen von den Straßen und versteckten sich in Kellern und in den Gärten. Es gab ein richtiges Frühwarnsystem. Es funktionierte perfekt. Ich schwamm einfach mit. Es schien sich niemand darüber zu wundern, dass ich plötzlich wieder da war. Und ich erzählte natürlich auch nichts. Das fiel nicht auf. Die Gocher wussten, dass ich nicht viel redete.

Von den Nazis war in der Stadt nichts mehr zu sehen, auch die Würdenträger waren davon. Sie wussten, dass die Front näher kam, und sie brachten sich vorsichtshalber in Sicherheit. Die Menschen halfen sich gegenseitig mit Lebensmitteln und Kohle zum Heizen. Dass sie ab Januar 1945 keine Lebensmittelkarten mehr erhalten sollten, erschreckte sie nicht. Schlimmer war die Aussicht auf eine Zukunft fern der Heimat. Sie konnten sich nicht vorstellen, diese Stadt zu verlassen. Ich hätte ihnen nicht viel Gutes über das Land da draußen erzählen können. Auch ich war froh, zu Hause zu sein. Und wie mir war es den anderen Gochern gleichgültig, was die Zukunft für uns vorgesehen hatte. Wir warteten ergeben.

Es war meistens sehr still, es gab kein Kindergeschrei auf den Straßen, die meisten Kinder waren in der Evakuierung. Selbst die Vögel schienen nur miteinander zu flüstern. Manchmal flogen die Engländer Erkundungsflüge, aber an das Röhren der Flugzeug-Motoren waren alle gewöhnt. Die Gocher zogen lediglich ein bisschen die Köpfe ein. Sie wunderten sich nicht einmal, als eines Tages ein Düsenflugzeug über die Stadt raste. Turbinenflugzeug nannten sie es. Mich erinnerte es an die Messerschmitts aus Thüringen, die Strahlenflugzeuge des Führers. Es hingen keine Träume daran. Schon lange nicht mehr. Das Reich ging unter, und es hatte mich vergessen. Wahrscheinlich dachten die Nazis in Peenemünde und Nordhausen, dass Josef und ich beim Angriff auf Anklam umgekommen waren. Ich dachte nicht darüber nach. Mir war es recht so.

Weihnachten 1944 feierten wir ohne Tannenbaum und ohne Geschenke. Dennoch höre ich noch das kleine Glück im Wohnzimmer, die Weihnachtslieder und die schöne Stimme von Fritzke, dem Sohn von Fritz, der bei den Weihnachtsliedern am lautesten sang. Er ist ein großer Sänger, bei den Familienfesten hört man ihn in der Kirche immer heraus. Vor allem, wenn die Gemeinde „Großer Gott, wir loben Dich" singt. Dann muss ich auch manchmal auf den Boden schauen und schlucken. Die Welt verschwimmt dann für ein paar Augenblicke.

Meine Dämonen schwiegen an diesem Weihnachtsfest, dem letzten Weihnachtsfest im Krieg, und ich wagte nicht, sie mit Geschichten aus Peenemünde und Nordhausen zu wecken. Das sollte ich nie mehr wagen.

Ich weiß nicht, ob ich es träume oder ob ich wieder wach bin. Auf der Wand gegenüber blinkt ein Licht. Es ist sehr still. Ich spüre meine Füße nicht, aber das kenne ich. Es ist besser als das Kribbeln von tausend Ameisen, das manchmal morgens durch meine Beine jagt. Auf der Wand erscheinen Bilder von unserer Hochzeit, von den Hochzeiten der Kinder. Ich kann mich sehen, aber ich erkenne mein Gesicht nicht. Pastor Hoymanns trägt einen Zylinder, und er schwenkt eine Fahne, die meine Schwiegertochter bestickt hat. Die Fahne zeigt einen großen Fisch, weiß auf rotem Grund. Else steht auf der Kanzel und betet einen Rosenkranz. Sie trägt Lockenwickler und ein Haarnetz darüber. „Gegrüßet seist Du Maria, voll der Gnaden". „Jetzt und in der Stunde unseres Todes." Die Orgel spielt „Großer Gott, wir loben Dich". Fritzke singt. Er steht ganz hinten unter der Orgel, wo es auch im Winter am wärmsten ist.

Ich muss wohl träumen.

Am 2. Februar 1945 werde ich 55. Ich finde, es gibt keinen Grund zu feiern. Lene hat trotzdem einen Apfelkuchen gebacken. Und sie setzt Kaffee auf. Kaffee hat Lene immer irgendwo. Ich weiß nicht, wie sie das macht. Die Kinder haben glänzende Augen. Ich bin ein bisschen mürrisch. Das bin ich oft. Ich bin aber auch dankbar. Das kann ich nur nicht so gut zeigen. Ich hoffe, dass Lene es weiß. Josef aus Hückelhoven würde bestimmt vor Freude weinen. Ich habe noch nichts wieder von ihm gehört. Ich hoffe, er sitzt zu Hause und erzählt Geschichten von nächtlichen Wanderungen und einem freundlichen Bauern. Bestimmt hat er wieder tüchtig Fleisch im Gesicht. Er hat mir erzählt, dass sie einen großen Garten hinter dem Haus haben. Alle Steiger haben ein Haus mit einem großen Garten. Sie ziehen Gemüse und haben ein paar Kaninchen, manche sogar ein Schwein. Josef geht es bestimmt gut.

Wir haben auch genug. Lene hat immer Lebensmittel im Keller. Das ist wie mit dem Kaffee. Sie sagt, dass sie dafür beim Bauer Braam tauscht. Ich frage nicht, was sie tauscht. Der Bauer Braam füttert viele Gocher durch. Beim Schlachten hat er gegen die Nazigesetze verstoßen, und er hat dafür sogar im Gefängnis gesessen. Die meisten Gocher werden ihm immer dankbar sein.

Das Wetter an meinem Geburtstag ist schlimm. Es regnet, die Niers hat Hochwasser, viele Straßen sind verschlammt, der Regen schiebt den Sand, das Geröll und die Asche von Trümmergrundstücken vor sich her. „In einer Woche ist Karneval", sagt Fritzke. Sein Vater ist früher als Büttenredner aufgetreten. Die Karnevalstage waren wichtige Feiertage - früher, vor dem ersten und dem zweiten Krieg, auch als ich nicht mehr mit meinen Freunden Heini und Jupp herumgezogen bin. Natürlich bin ich auf die Sitzungen im Stadttorsaal „Port Andree" gegangen, jeder ging hin. Hugo Derksen, der Wirt vom „Fröhlichen Weinberg" am Markt war der Sitzungspräsident. Es wurde viel gelacht und fast nur platt gesprochen. Zu Hause spreche ich auch fast nur platt. Das hat sich bis heute gehalten.

Die Karnevalstage fallen in diesem Jahr wieder aus. Ein paar Tage nach meinem 55. Geburtstag wird es am Abend plötzlich taghell. Die Engländer haben die „Christbäume" an den Himmel gestellt, sie helfen ihren Bombern beim Angriff. Es wird der schlimmste Angriff auf Goch. Als er vorbei ist, steht kaum noch ein Stein auf dem anderen. Unser Haus ist wie durch ein Wunder verschont geblieben. Aber vom Markt bis zur Margarinefabrik, vom Bahnhof bis zum Steintor - eine einzige Kraterlandschaft.

Ich steige aus unserem Keller und gehe in die Stadt. Es sieht aus wie auf dem Mond, fast wie damals in Frankreich. Unter einer zusammengestürzten Mauer ragt eine Frauenhand hervor, die Frau liegt unter den Trümmern, ihr ist nicht mehr zu helfen. An der Post hängt ein Mann eingeklemmt unter einem Balken. Er jammert, er bittet um Hilfe. Um ihn stehen drei völlig verstaubte Männer, die offenbar aus einem freigeschaufelten Keller gestiegen sind. Einer beschimpft den Mann unter dem Balken als „Nazischwein". Ich stoße ihn zur Seite und befreie den Mann.

„Bist du auch einer von denen?", fragt mich einer.

Ich schaue ihn nur böse an.

Aus einem Trümmerfeld an der Brückenstraße hören wir Hilferufe. Gemeinsam mit ein paar anderen, einer ist Willy Fontes, den kenne ich, buddeln wir ein Ehepaar aus, das zwölf Stunden verschüttet war. Sanitäter sind plötzlich in der Nähe. Keine Ahnung, wo die gesteckt haben.

Ich gehe zurück, klettere über die Reste von Häusern, an vielen Stellen brennt es. Die Luft hat diesen scharfen Bombengeruch, den ich nie vergessen werde.

Zu Hause sind nur die kleinen Kinder und Else. „Lene, dein Sohn und Fritzke sind zum Bauern nach Kalbeck", sagt Else. Ich finde das verrückt, weil englische Tiefflieger im Einsatz sind.

Am Nachmittag kommen Lene, mein Sohn und Fritzke zurück. Sie sind völlig verdreckt.

„Wir haben im Graben gelegen", sagt mein Sohn.

„Warum?"

„Die Tiefflieger kamen. Sie haben mit dem MG auf uns geschossen."

Er zittert.

„Es ist ja nichts passiert", sagt Lene.

Ich kann nicht einmal schimpfen, so froh bin ich.

Wir versteckten uns zwei Wochen beim Bauer Braam, dafür hat er bis heute einen sicheren Platz in meinem Nachtgebet, wenn ich mal eines halte, dann kehrten wir wieder in unsere Häuser zurück. Der Krieg war vorbei, aber er war noch nicht richtig vorbei. Bevor die Engländer mit ihren Fußtruppen kamen, verging wohl ein Monat.

Fritz desertierte vom Volkssturm. Er berichtete, dass die Alliierten auch im Südwesten vorrückten. Wir waren eine große, erleichterte, aber auch verunsicherte Familie in einem alten Haus mitten in Ruinen.

Es gab plötzlich keine Nazis mehr. Ernst Kuhlbars hatten die Engländer festgenommen, Wilhelm Neumann war verschwunden. Die Briten hatten Probleme, die öffentliche Ordnung herzustellen, weil kaum einer englisch sprach, und weil sie den meisten einfach nicht trauten. Mitte Mai lebten 2000 Menschen in diesem Trümmerfeld. Die meisten verbrachten die Zeit damit, die Stadt notdürftig aufzubauen. Es herrschte Mangel an allem. Es wurde viel gestohlen.

Die Besatzungsmacht brauchte Statthalter, eine Verwaltung, vertrauenswürdige Verteiler von Lebensmitteln und Gütern. Sie setzte den alten Bürgermeister Josef Kaut wieder ein. Die katholische Priesterschaft in der Stadt setzte sich für ihn ein. Den Engländern erzählte der Dechant Brimmers, dass er selbst Kaut gebeten hatte, in die Partei einzutreten. Der alte Bürgermeister sei alles andere als ein Nazi gewesen. Das bestätigten die Gocher, die in der Stadt geblieben waren. Während meiner Jahre in Peenemünde muss es Kaut häufig gelungen sein, das Alllerschlimmste zu verhindern und Beschlüsse der Nationalsozialisten im Geheimen abzumildern. Dass sie die Juden wegschaffen ließen, hat er nicht verhindert. Ich warf es ihm nicht vor, wir hatten ja alle nichts getan. Die Gocher vertrauten ihm jedenfalls. Als sie wieder zur Wahl gehen durften, wählten sie ihn zum Stadtoberhaupt. Die Engländer hatten ganz sicher den Richtigen gewählt. Er war auch mein Mann.

## 28 Ein Schmied als Polizist

Mich machten sie zum Hilfspolizisten. Ich trug eine Armbinde und eine schwarz-gefärbte Wehrmachtsuniform. Ein Holzknüppel war meine Waffe. Fünf Reichsmark bekam ich am Tag. Meine Dienstverpflichtung nach Peenemünde hatte die Militärregierung offenbar davon überzeugt, dass ich kein Nazi war. Auf jeden Fall war ich der älteste Hilfspolizist von Goch. Meine Kollegen Walter Verhalen und Hans-Arthur Wirtz waren 22 und 18 Jahre alt. Sie hätten meine Kinder sein können. Sie schauten zu mir auf. Ich kann nicht sagen, dass ich das schlimm fand. Ihren Respekt hatte ich verdient, das war meine feste Überzeugung. Wenn ich sagte, dass es nun endlich ein neues Deutschland geben würde, dann nickten sie.

Mit den Engländern unterhielt ich mich über einen Dolmetscher. Fremde Sprachen hatten wir in der Schule nicht gelernt, und Platt verstanden unsere Besatzer natürlich nicht. Sie verhielten sich viel höflicher, als ich befürchtet hatte. Die meisten vermittelten nicht den Eindruck, dass sie alle Deutschen für gleich hielten. Das fand ich erstaunlich, nach allem, was ich gesehen hatte und was sie gehört haben mussten in den vergangenen Jahren. Wäre ich an ihrer Stelle so gewesen? Ich weiß es nicht.

Selbstverständlich wollten sie wissen, wer mit den Nazis marschiert war. Dazu befragten sie vor allem unseren Bürgermeister Kaut. Er hatte im Stadtrat mitbekommen, wer ihre Parolen am lautesten verbreitet hatte. Und wir hatten alle gesehen, wie sie in Uniform in den Rat marschiert waren, wir konnten ihre Namen aufsagen. Die Schlimmsten hatten die Engländer schon einkassiert. Aber an die Mitläufer kamen sie nicht. Kaut wollte nicht als Denunziant dastehen, davon hatte er zu viele erlebt, und ich war auch keine große Hilfe, weil ich zu lange in Peenemünde gewesen war. Außerdem war ich dafür, dass wir noch einmal von vorn anfangen konnten. Es war so etwas wie ein letzter christlicher Gedanke, zu dem ich fähig war. Ich dachte an die Predigt von Dechant Brimmers in der Ruine der Magdalena-Kirche, und ich hörte das Wort Vergebung. Heute weiß ich, dass wir da alle ein bisschen zu barmherzig waren. Denn viele setzten sich nur einen anderen Hut auf. Unter dem Hut dachten sie wie früher - nur nicht so laut. Sie hatten sich nicht verändert, sie waren nur vorsichtiger geworden, und sie warteten auf ihre Gelegenheit, aus der Nachkriegszeit ihren Profit zu schlagen. Der Moment sollte bald kommen.

Mein Freund Josef schrieb mir aus Hückelhoven. Keine Ahnung, wie er an meine Adresse gekommen war. Die Engländer hatten ihn nach Kriegsende vor Gericht gestellt, wegen seiner Beteiligung am Bau der Raketenfabrik in Nordhausen und seiner Verdienste um die Abstützung der Grube. Das muss man sich mal vorstellen. Ein paar Wochen hat er sogar irgendwo im Ruhrgebiet im Gefängnis gesessen. Aber dann haben sie herausgefunden, dass er von den Nazis zur Arbeit im Berg gezwungen worden war, und er kam frei. Sein Schwager, der SS-Scharführer, war untergetaucht. Niemand in Josefs Familie wusste, wo er geblieben ist. Er hatte wohl noch in Kriegszeiten in Weimar geheiratet, das immerhin war bekannt. Aber auch seine Frau wusste nicht, wo er ist. Vielleicht war das auch besser so, denn so verschwand er aus Josefs Erinnerung, und er musste sich nicht mehr so schämen. „Ich bin wieder zu Hause", schrieb er, „mir geht's gut. Bald fange ich wieder auf der Zeche an. Komm mich doch mal besuchen."

Das habe ich nie geschafft. Ich bin überhaupt nicht mehr weiter aus Goch weggekommen als bis nach Kempen. Da ist mein Bruder mit seiner zweiten Frau hingezogen. Zum Fußballspielen war er natürlich zu alt, aber die Sportkameraden von der Viktoria fanden es doch schade, dass er die Stadt verließ. Sie hätten ihn gern in den Vorstand gewählt. Aber die neue Frau von Fritz konnte mit Goch nicht so viel anfangen. Und auch in Kempen gab es einen Sportverein.

Fritz ist dem Verein beigetreten, aber er ging nur zum Sportplatz, um sich die Spiele anzuschauen. Das reichte ihm. Einen Posten im Verein übernahm er nicht, obwohl er den jungen Leuten viel hätte beibringen können. Das Torwartspiel zum Beispiel, denn davon verstand er eine Menge. Zu seinem 60. Geburtstag kamen die alten Freunde aus Goch zu Besuch, ich selbstverständlich auch. Im Garten haben sie ihm ein paar Bälle auf ein Tor geschossen, das sie aus ein paar Blumentöpfen gebaut hatten. Fritz flog nach dem Ball, und wenn er aufkam, hörte es sich an, als hätte jemand einen Sack mit schweren Knochen hingeworfen. Seine Frau hat den Unsinn schnell verboten. Und das war sicher besser so. Alles hat schließlich seine Zeit und ein Ende. Es wurde auch ohne Fußballspielen im Garten eine schöne Feier. Am Abend fuhren wir mit der Eisenbahn zurück, wie wir gekommen waren. Das war ein Glück, diese Eisenbahnstrecke von Goch bis Kempen, da musste ich nicht in ein Auto steigen.

Autos waren mir nicht geheuer, sie waren mir zu klein, zu eng und zu schnell. Sie rumpelten über die Straßen, und man konnte sich nirgendwo richtig festhalten. Man hörte viel von schweren Unfällen, wenn wieder einer in so einer Blechdose von der Straße abgekommen war. Meistens war da wohl auch Alkohol im Spiel. Auf dem Land wurde tüchtig getrunken, vor allem nach diesem Krieg.

Züge fand ich sicherer. Noch lange nach dem Krieg wurden sie von Dampflokomotiven gezogen, die hatten was von den großen Maschinen, die ich bei Jurgens und Prinzen gewartet hatte. Ihrer Kraft traute ich und ihrem Rhythmus, dem Zusammenspiel der Pleuelstangen und Räder. Wenn ich mal nach Kempen fuhr, blickte ich aus dem Fenster den Dampfwolken nach, wie sie vorbeiflogen und sich irgendwann ganz weit hinten auflösten. Dampflokomotiven und lange Züge fand ich viel besser als die roten Triebwagen, die Dieselmotoren hatten und ein bisschen wie Straßenbahnen aussahen. Aber zur Not nahm ich auch die. Manchmal dachte ich an die Fahrten nach Peenemünde, die wieder so weit entfernt lagen und die sich immer so beschwert angefühlt hatten. Ganz anders als eine kurze Reise nach Kempen durch die Felder, vorbei an Kevelaer, Geldern und Aldekerk.

Mein Bruder holte mich am Bahnhof ab, zusammen gingen wir in eine Wirtschaft. Da fühlte er sich immer viel wohler als ich. Aber ich war zufrieden, dass er auch in der neuen Heimatstadt zu Hause war. Die Männer in der Wirtschaft gingen mit ihm um, wie die Männer in Goch mit ihm umgegangen waren. Fritz hatte für jeden das passende Wort. Er konnte sich mit ihnen über all die Kleinigkeiten unterhalten, die für Menschen offenbar so wichtig sind, über das Wetter, den Fußball, die Lebensmittelpreise und das Bier. Über Fußball und Bier sprach er am liebsten. Dann leuchteten seine Augen, und die Stirn glänzte. Im Laufe der Jahre gewöhnte er sich sogar den leichten Singsang an, den die Leute in der Gegend sprechen und der sich für mich schon nach Köln und Düsseldorf anhört. Er wurde mir trotzdem nie fremd, und ich habe ihn immer für seine Fähigkeit bewundert, das Leben so leicht zu nehmen. Ein bisschen war er da wie Else, nur nicht so ewig kindlich. Ich nahm alles schwerer und grübelte, bis ich grimmig wurde und die Wörter zu mürrischem Schweigen wurden. „Robert, guck doch nicht so streng", sagte Fritz. Ich konnte nicht anders. Vielleicht wollte ich auch nicht anders.

Ich war sehr gewissenhaft in meinem neuen Amt als Polizist. Wer sich an Lebensmitteln und Gütern bereicherte, den zeigte ich an, oder ich ließ ihn einsperren. Auch wenn ich jedem eine neue Chance geben wollte, war ich es endgültig leid, über alles hinwegzusehen. Ich hatte zu lange nur zu Hause über die kleinen Verbrechen des Alltags geschimpft. Am Ende werden aus vielen kleinen Verbrechen ganz große Verbrechen, da war ich sicher. Ungerechtigkeiten waren für mich Verbrechen geblieben, die mich wütend machten. Und Unterschlagungen waren Verbrechen, weil sie allen schadeten. Mein Vater hätte das genauso gesehen. Er wäre stolz auf mich gewesen.

Einmal habe ich meinen eigenen Sohn mit ein paar Kartons Zigaretten erwischt, die er weiterverkaufen wollte. Das war mir peinlich. Ich habe ihn eine Nacht im Steintor einsperren lassen, damit er nachdenken konnte.

Ob er später noch mal Zigaretten oder Tabak mitgehen ließ, weiß ich nicht. Ich weiß aber, dass wir in unserem Laden Tabakwaren für die Militärverwaltung verteilen durften, auch da hatten wir das Vertrauen der Militärregierung. Die Zuteilung war exakt geregelt. Das gefiel mir, und ich habe immer genau Buch geführt über Aus- und Eingänge, über Mengen und Empfänger. Die Empfänger mussten quittieren.

Manchmal habe ich nachgewogen und die Zuteilung zu unseren Ungunsten verändert. Lene hatte dafür kein Verständnis. Das habe ich ihr angesehen, aber sie hat nichts gesagt. Viele Jahre darauf hat sie mir gestanden, dass sie gelegentlich etwas für uns abgezweigt hat, das uns eigentlich nicht zustand. Ich war längst zu alt, darüber wütend zu werden. Lene hätte ich wahrscheinlich auch nicht einsperren lassen. Sie wusste ja, was sie tat.

Mein Sohn hat oft geklagt, dass wir in dieser Zeit schön reich hätten werden können. Er sagte das halb im Scherz, aber er meinte es viel ernster. Ich habe dazu immer ein mürrisches Gesicht gemacht. „Betrug gibt es bei mir nicht", erklärte ich dann. Meine Familie schaute mich an, wie ich früher meinen Vater angeschaut habe. War ich denn auch so ein Tyrann? Ich glaube nicht, ich war nur stur. Und gerecht. Ich hatte wohl doch viel von meinem Vater, nicht nur die großen Ohren.

Mein Sohn erzählte zu solchen Anlässen immer vom Tabakhändler Manfred Dauner, der es bei der Zuteilung nicht ganz so genau genommen hatte wie ich. Als das Wirtschaftswunder kam und die Menschen wieder Geld hatten, das sie ausgeben konnten, hatte er eine Firma. Madaugo machte ein Vermögen mit Zigaretten und Automaten. In den 60ern hing der Automat auch an unserer Hauswand. Er hängt da noch immer. Mich kümmerte es damals nicht. Und es kümmert mich auch heute nicht. Ich kann es ja nicht ändern. Aber ich wäre bestimmt kein Großhändler geworden.

Ich hätte es nicht ertragen, wenn mich die Leute wegen krummer Geschäfte schief angeschaut hätten. Ich erinnere mich an den Elektrohändler Meesen. Er hatte die Aufsicht über die Verteilung des Elektromaterials in Goch. In der Stadt ist das Material nie angekommen, denn er schaffte es mit Lastwagen ins Sauerland. Bei der Gelegenheit verlor er auch zwei Kisten Tabak, die er wohl bei Dauner eingetauscht hatte. Von uns stammten sie sicher nicht. Die Militärregierung ist ihm überhaupt erst auf die Spur gekommen, weil er meldete, die eine Kiste sei wohl vom Lastwagen gefallen, die andere zerschossen worden. Die Engländer nahmen ihn fest, weil ein Lehrling verriet, dass Meesen über reichlich Tabakwaren im Wohnzimmerschrank verfügte. Er wurde wegen Sabotage des Wiederaufbaus bestraft.

Ich fand das sehr gerecht. Nicht alle aber haben sich erwischen lassen. Der Schwarzmarkt blühte, und es wurde fleißig beiseitegeschafft. Ich weiß nicht, ob alle so genau hingeschaut haben wie ich. Sehr wahrscheinlich haben die meisten das nicht getan. Erwischt habe ich niemanden von denen, die bald wieder so wohlhabend wurden.

Eine Zeit lang fühlte ich mich trotzdem sehr würdevoll und endlich einmal bedeutend. Ich leistete meinen Beitrag zum Aufbau einer gerechteren Gesellschaft. Jedenfalls glaubte ich das. Böse Blicke von denen, die sich beim Aufbau ihrer ganz eigenen Gesellschaft beobachtet und bedrängt fühlten, nahm ich als Anerkennung. Sie sollten ihre Geschäfte zumindest nicht in aller Öffentlichkeit betreiben. Und ich war überzeugt davon, dass ich sie ein bisschen davon abhielt, zu schnell zu reich zu werden. Sie hatten Angst vor mir. Das fand ich gut.

Ich drückte den Rücken noch ein bisschen stärker durch, straffte die Schultern und hielt mich für eine Autorität. So muss sich mein Vater oft gefühlt haben, wenn er durch die Schmiede schaute und die Gesellen schnell die Augen niederschlugen oder ganz eifrig aufs Eisen hämmerten. Die Engländer waren mit mir zufrieden. Das fühlte ich. Meine Familie fand mich ein wenig selbstgerecht. Das fühlte ich auch. Es hätte aber niemand gewagt, darüber in meiner Gegenwart auch nur ein Wort zu verlieren. Sie ließen mir meinen Stolz, weil sie wussten, dass ich es gut meinte oder weil sie merkten, dass ich keine Kompromisse machte - am wenigsten in der eigenen Familie, wie mein Sohn erfahren hatte. Hätte ich nachsichtiger sein sollen? Ich glaube nicht. Ich war es mir schuldig, so zu sein, wie ich war.

Ich habe es bedauert, als die Alliierten uns langsam die Verwaltung wieder zurückgaben. Es wurde wieder eine ordentliche Polizei aufgebaut, uns Hilfspolizisten brauchte man bald nicht mehr. Mit der Selbstverwaltung begann der systematische Wiederaufbau in der Stadt.

Viel Geld kam in Umlauf, weil die Besatzer beschlossen hatten, aus Westdeutschland eine blühende Wirtschaft zu machen. Und das bedauerte ich natürlich nicht. Dass wir auf diese Weise auch zum Aufschwung der gesamten westlichen Welt beitrugen, bedauerte ich noch viel weniger. Das hatten sich Engländer und Amerikaner verdient, weil sie uns nicht im Dreck sitzen ließen. Dass ihre Gnade auch wirtschaftliche Gründe hatte, hielt ich für ganz normal. Und ich teilte ihre Abneigung gegen die Machthaber im Osten unseres Landes, die mit ihren Märschen und Parteitagen, mit ihrer staatlichen Schnüffelei und den stundenlangen Reden viel zu sehr daran erinnerten, was wir nun eigentlich überwunden hatten. Ich fand, dass die im Osten in vielerlei Hinsicht da weitermachten, wo die Braunen angefangen hatten. Verständnis hatte ich dafür nicht. Sie hatten doch auch erlebt, was wir alle erlebt hatten. Viele hatten sogar im Gefängnis gesessen bei den Nazis. Ihr Verhalten konnte ich deshalb noch viel weniger verstehen. Ich hatte Peenemünde nicht vergessen und Nordhausen nicht. Und ich hatte den ersten Krieg nicht vergessen. Endlich machten wir mal bei einer guten Sache mit.

## 29 Die Kinder heiraten

Meine Nächte waren ruhig, die Dämonen schwiegen in meinen Träumen, ich war mit mir im Reinen. Sogar, als ich kein Hilfspolizist mehr war, sondern wieder als Schlosser in der Margarinefabrik in Kleve und später in der Fabrik von Raymakers in Goch arbeitete. Wir hatten zu essen, das Haus wurde größer, weil Fritz mit seiner neuen Frau nach Kempen gezogen war, die Ruinen in der Stadt verschwanden langsam. Es wurde aufgeräumt und neu gebaut. Nur die Lücken zwischen den Häusern und ein paar Trümmergrundstücke erinnerten an den Krieg. Die Kinder spielten in den Trümmergrundstücken, es war ihre Art, den Krieg zu vergessen. Ich dachte noch oft an die Bombennächte, und als die Stadt langsam wieder ins Normale wuchs, wunderte ich mich, dass so etwas möglich war. Ich hatte die Bilder dieser Wüste aus Ruinen im Kopf, den Staub, die Zerstörung. Die Wirklichkeit des Wiederaufbaus überlagerte diese Bilder, aber sie blieben trotzdem immer dahinter. Ich sah sie immer wieder durch die neue Stadt - wie durch das durchsichtige Papier zwischen den Seiten von Fotoalben.

Meine Tochter beklagte sich, dass ich ihr keine höhere Schulbildung erlaubt hatte. Das gehörte sich nicht, fand ich. Sie würde sowieso heiraten. Was sollte sie da mit einer höheren Schulbildung? Ein paar Jahre Fräulein an der Schule spielen und dann doch die Wäsche für ihren Mann und die Kinder machen? Heute denke ich, dass ich es ihr vielleicht zu schwer gemacht habe. Aber ich hatte es auch nicht leicht mit ihr, den Widerworten und den blitzenden Blicken, die sie abfeuern konnte wie meine Schwester Maria ihre Schimpftiraden. So viel Widerstand war ich nicht gewöhnt, und ich hielt das auch nicht für in Ordnung. Manchmal war ich zu müde, das immer wieder zu sagen. Ich befahl. Damit hatte es sich.

Geheiratet hat sie dann selbstverständlich doch sehr zeitig nach dem Krieg, das hatte ich ja gewusst. Auch das hätte ich allerdings beinahe nicht erlaubt. Sie brachte zwar einen reichen Mann, dem ein Kino gehörte, mit in unser Haus, aber der Mann war evangelisch. Das war für mich schwer zu ertragen, da bin ich ein bisschen ungerecht, das weiß ich. Es musste deshalb schriftlich festgelegt werden, dass ihre Kinder getauft und katholisch erzogen werden sollten. Erst dann gab ich meine Zustimmung.

Bei der Hochzeit trug meine Tochter ein weißes Krönchen in ihrem schwarzen Haar, mein neuer Schwiegersohn hatte sich eine weiße Fliege gebunden, und er blickte doch mit einiger Würde durch seine Brille mit den schmalen Bügeln aus Metall. Alles in allem war es ein ansehnliches Paar.

Und ich gebe zu, dass ich doch versöhnt war, als 1949 mein ältester Enkel geboren wurde. Stolz stand ich am Taufbecken der Magdalena-Kirche, die weißen Handschuhe lagen im Zylinder. Carlo hieß mein erster Enkel, weil sein Vater Karl hieß. Mir war es recht. Lene strahlte, unsere Familie wuchs.

## 30 Das Kino

Filme sagten mir nicht viel, dennoch schaute ich mir ein paar an, aber erst als das neue Goli-Theater an der Brückenstraße eröffnet wurde.

Das alte Goli war im Luftangriff von 1945 zerstört worden, und zwei Jahre später betrieb mein neuer Schwiegersohn mit seinem Vater Otto nach der Genehmigung der Engländer einen Notbetrieb im Saal Stenmans an der Pfalzdorfer Straße. Heute ist da eine der neumodischen Diskotheken. Das habe ich mir erzählen lassen, angeschaut habe ich mir das natürlich nicht. Bei Stenmans zeigten die Briten der Bevölkerung Dokumentarfilme über die Gräuel der Nazis. Das fand ich gut, auch wenn die Bilder etwas ganz anderes waren als die richtige Erfahrung, der Gestank, der Krach, die Schreie. Viele beteuerten, sie hätten das alles nicht gewusst, und sie schauten die Filme durch die Finger beider Hände, die sie sich aus Scham vors Gesicht hielten. Dass sie nichts gewusst hatten, glaubte ich nicht. Dass sie sich schämten, das sah ich ja. Und es war richtig, dass sie sich schämten.

Wenn die Engländer nicht gerade Erziehungsfilme zeigten, liefen im Saal Filme mit Hans Albers. Das war nichts für mich, ich konnte seine blauen Augen nicht leiden, sein Hamburger Genuschel, und dass er alle zehn Minuten irgendetwas singen musste. Gocher Filme oder welche aus Peenemünde gab es nicht. Ich weiß nicht, ob ich sie mir angeschaut hätte, wenn es wirklich welche gegeben hätte. Ich hatte doch alles gesehen, mehr als Filme zeigen konnten.

Das neue Kino an der Brückenstraße war sehr beeindruckend, das musste selbst ich zugeben. Es hatte etwas von einem richtigen Theater, mit einer Eingangshalle, einer großen Garderobe, Logen und bequemen Sesseln mit rotem Bezug aus Plüsch. Die Wände waren mit Textil bespannt, das in lockeren Wellen wogte. Und ich muss gestehen, dass es mir manchmal sogar gefallen hat, dort einen Film zu sehen. Mein Schwiegersohn sagte mir, dass das mit dem Klang zu tun hat.

Am besten fand ich den Moment, wenn das Licht nach dem Gong langsam ausging und der große Vorhang automatisch zur Seite glitt. Dann lehnte ich mich wie die anderen zurück in meinem Plüschsessel und dachte nicht mehr nach. Ich verschwand für eine Zeit in einer anderen Welt. Wenn das Licht wieder anging, musste ich blinzeln und brauchte ein paar Minuten. Dann erst war ich wieder in der normalen Welt. Das war schon ein bisschen wie Zauberei. „20.000 Meilen unter dem Meer" nach einem Roman von Jules Verne sah ich dort, „Der treue Husar" mit Paul Hörbiger und Loni Heuser und „Emil und die Detektive". Ja, auch „Emil und die Detektive". Else wollte unbedingt hin. Das Kino war voller Kinder, und das Gejohle gefiel mir gar nicht. Ich glaube, danach bin ich nicht wieder ins Kino gegangen. Johlende Kinder machten mich nervös.

Ich hatte auch ohne Kinofilme genug zu tun. Bei Raymakers bauten wir Wagen für die Bauern und beschlugen deren Pferde. Noch wurden die Pferde gebraucht, auf den Höfen, bei der Waldarbeit und bei der Auslieferung. Ich kehrte für ein paar Jahre in meine Jugend zurück. Aber alles war viel größer als in unserer kleinen Schmiede an der Voßstraße, wir arbeiteten in einer richtigen Halle, und unsere eigene Schmiede betrieb ich nicht mehr. Das lohnte sich nicht. Manchmal war ich traurig darüber, und ich dachte an die frühen Tage mit Pfannen voller Bratkartoffeln, ich sah die Gesellen an unserem Mittagstisch und das Glühen des Feuers, das sich viel heimeliger anfühlte als das bei Raymakers. Das war ein Fabrikfeuer, das in unserer Schmiede war ein Heimatfeuer. Aber Lene fand es besser, dass nun regelmäßig Lohn hereinkam, und dass wir nicht warten mussten, bis die Bauern oder der Milch-

mann Geld hatten, uns fürs Beschlagen zu bezahlen. Nach kunst-
vollen Gittern oder Türbeschlägen stand niemandem der Sinn. Es
ging erst einmal ums Notwendige. Die Stadt wuchs dennoch auf
den Trümmern des Kriegs wieder heran. Ich konnte ihr dabei zusehen.

Es musste nicht jedem gefallen, wie sie wuchs. Mir gefielen die
geraden Straßen nicht, die gesichtslosen, glatten Neubauten und
die großen Parkplätze. Sie waren für eine Menge Autos gedacht.
Noch war von der großen Menge nichts zu sehen, aber es wurden
von Jahr zu Jahr mehr. Das hatten die Stadtplaner wohl gewusst.
Die Autos parkten nicht nur auf den Plätzen, die man für sie gebaut
hatte, sondern auch auf den Straßen vor den wieder aufgebauten
oder den neuen Häusern. Pferdekarren in der Stadt wurden selten,
bald hatte nur noch der Milchmann einen. Er schwang eine große
Glocke, wenn er auf der Straße anhielt. Auf seinem Karren stand
ein Tank aus silberfarbigem Metall. Daraus zapfte er die Milch ab.
Die Frauen brachten ihm die Kannen und Flaschen. Kakao gab es
nur in Flaschen. Die Enkel bekamen immer Kakao, wenn sie bei
uns übernachtet hatten - und Brötchen, die Lene auf der Oberseite
einschnitt, damit die zarten Gaumen keinen Schaden litten.

## *31 Wir werden Weltmeister*

Dafür hatte ich volles Verständnis. An die neue Zeit gewöhnte ich mich schnell. Zur neuen Zeit gehörten Wahlen und die Regierung von Bundeskanzler Konrad Adenauer, der noch ein paar Jahre älter war als ich. Während ich Rentner wurde, führte er unser Land. So viel Anerkennung hätte ich mir auch gewünscht. Und ich hatte viel Zutrauen zu ihm. Schließlich war er sicher kein Nazi gewesen - anders als so mancher, der in unserer neuen Republik in der Politik Karriere machte. Das hat auch Adenauer nicht verhindern können. Vielleicht wollte er es auch nicht verhindern. Aber das wollte ich gar nicht denken.

1954 wurden wir Fußball-Weltmeister. Ich habe die Übertragung am Radio gehört, wie die meisten. Es gab zwar einen Fernseher in der Wirtschaft am Rinkenhof, aber der war so klein, dass man das Bild aus zwei Meter Entfernung kaum noch sehen konnte. Außerdem hatte ich keine große Lust, mich mit 50 anderen in den Raum zu drücken, die da Zigaretten rauchten, Bier tranken und herumbrüllten.

In unserem Radio rief der Reporter „Tor, Tor, Tor, Tor!", als Helmut Rahn das 3:2 gegen Ungarn geschossen hatte. Ich weiß nicht mehr, ob ich laut gejubelt habe. Stolz war ich dennoch. Es war so ein Gefühl wie 1921, im Jahr unserer Hochzeit, als Viktoria Goch mit meinem Bruder im Tor den Aufstieg in die Liga schaffte. Da hatte Goch seine Helden so wie jetzt das ganze Land seine Helden von Bern. Anschließend hieß es, wir sind jetzt wieder wer. Nach 1954 natürlich, 1921 war das ein eher privates Glück. Ich fand es übertrieben, zu sagen, wir seien wieder wer, nur weil unsere Nationalmannschaft ein Spiel gegen Ungarn gewonnen hat. Aber ich musste mir doch eingestehen, dass sich neun Jahre nach dem Krieg vieles schon viel besser anfühlte. Anders als nach dem ersten Krieg gab es Geld, genug zu essen, und auch wenn wir nicht reich wurden, musste sich niemand so richtig große Sorgen machen.

Auch um meine Kinder nicht. Während meine Tochter heiratete, habe ich meinen Sohn aufs bischöfliche Gymnasium in Gaesdonck geschickt, er war ja viel jünger. Aus ihm sollte etwas werden. Meine Tochter hat sich zwar immer noch beschwert, dass sie nicht weiter auf die Schule gehen durfte, aber sie hatte ja nun ihren Karl und bald eine eigene Familie. Was hätte sie mit einem Schulabschluss anfangen sollen? Ich wollte davon nichts mehr hören. Und mit den Jahren hörten die Klagen auch auf.

Mein Sohn hat mir auf der Gaesdonck wenig Ehre eingelegt. Statt ordentlich Latein und Griechisch zu lernen, hat er sich mit seinen Kumpanen dumme Streiche ausgedacht. Ich wurde häufig zu den Lehrern zitiert, aber auch auf meine Ermahnungen hat er nicht gehört. Lene sagte, ich soll nicht so streng sein, der Junge habe doch im Krieg nichts gehabt von seiner Kindheit. Wäre ich mal strenger gewesen.

Denn mein Sohn brachte es auf dem Höhepunkt seiner Rüpelzeit fertig, sich in der Kapelle der Schule in den Beichtstuhl zu schleichen. Dort nahm er seinen Mitschülern die Beichte ab. Erst als ein Lehrer die Schüler in dem kleinen Gotteshaus feixen sah, kam ihm ein Verdacht. Mein Sohn wurde auf frischer Tat ertappt, er musste die Schule mit der Mittleren Reife verlassen. Man gab ihm den Rat, abzugehen (Consilium abeundi), so hieß das. Es war ein Rauswurf erster Klasse. Zumindest den Schulabschluss habe ich für ihn ausgehandelt. Was für eine Schande.

Ich habe ihn zur Lehre bei einem Lebensmittelhändler am Markt untergebracht, und ich habe ihn ordentlich verwarnt. Diese Lektion hat er sich hinter die Ohren geschrieben, bis heute, ich hörte keine Klagen mehr, er wurde ein tüchtiger Lehrling. Nach der Lehre habe ich ihn beim Margarinewerk in Kleve empfohlen, weil mir eingefallen war, dass wir in der Jugend auch mal verbotene Dinge getan haben. Ich habe ihn trotzdem noch mal sehr streng angeschaut. Auf den Margarinewerken machte mein Sohn seine Sache sehr gut. Er durfte einen weißen Kittel tragen und saß in einem großen Büro, später hatte er zwei Telefone auf dem Tisch, in die er manchmal zur gleichen Zeit sprach. Es ging ums Verkaufen, das konnte er offenbar ziemlich gut. Außerdem besuchte er uns jeden Abend. Ich war versöhnt, auch wenn ich überzeugt bin, dass seine Besuche mehr Lene und Else galten als mir. Auf jeden Fall wusste er nun, was sich gehört. Endgültig.

Auch er heiratete, und er traf es gut an, obwohl seine Frau für meinen Geschmack ein bisschen klein geraten war. Zur Hochzeit fuhren mein Sohn und meine Schwiegertochter mit einer Kutsche an der Liebfrauen-Kirche vor. Wir nannten sie die neue Kirche. Sie war viel moderner als die alte Kirche, die Magdalena-Kirche, deren Turm das Gocher Wahrzeichen ist. Wenn da die Orgel im Hochamt gespielt wurde, dann füllte sie das ganze Haus. Ich kam mir sehr klein vor. Die Liebfrauen-Kirche hat nur eine elektrische Orgel - sie ist eben modern. Vielleicht brauchen moderne Kirchen keine kleinen Leute mehr.

Es war ein ordentlicher Auftrieb, die Menschen standen an der Straße und auf den Treppen der Hauseingänge, die Kinder winkten. Es war ein schöner Sommertag, und wir feierten im Garten der Schwiegereltern meines Sohnes nicht weit von der Kirche entfernt. Man konnte aus dem Wohnzimmer über eine Treppe in den Garten gehen. Der Garten hatte einen Rasen, ein paar Blumenbeete und einen kleinen Teich, am Rande stand eine Entenfigur, aus deren Schnabel Wasser in den Teich spritzte. Die Figur hatte der Schwiegervater meines Sohnes selbst gemacht. Das fand ich eindrucksvoll. Der Schwiegervater war Lehrer an der Berufsschule, und er malte Bilder. Davon verstand ich nichts, aber er stellte die Bilder sogar manchmal im Steintormuseum aus. Sie müssen also gut sein.

Es wurden viele Fotos gemacht, ich trug meinen Zylinder. Mein Sohn sah in der Kirche ziemlich blass aus, er rauchte damals zu viel. Irgendwann hat er damit aufgehört, von heute auf morgen. Da war er so konsequent, wie ich ihn mir wünschte. Er wurde ohnehin immer mehr so, wie ich ihn mir wünschte.

Sein Vetter Fritzke, der im Krieg bei Lene aufgewachsen war, war Trauzeuge. Mein Sohn und Fritzke waren lange wie Brüder. Mich erinnerte Fritzke immer an meinen Freund Heini. Auch er hatte mehr Unsinn im Kopf, als man sich vorstellen kann. Er war genauso beliebt wie Heini. Die Menschen mögen andere Menschen, die sich das trauen, was sie sich selbst nicht trauen. Fritzke und Heini sind die richtigen Freunde für Leute wie mich.

Als wir schon lange nach Hause gegangen waren, feierte Fritzke mit ein paar anderen noch weiter. Man hat mir nachher erzählt, dass es längst hell war, als er endlich genug hatte. Am Morgen, das Bett hatte er noch nicht gesehen, hat er sich auf Brückenstraße in einer Villa als Kaufinteressent vorgestellt. Dabei hatte er nichts auf der Tasche, er hat sich nur königlich amüsieren und einen frühen Kaffee trinken wollen. Den Kaffee hat er bekommen, ob die Eigentümer sein Interesse für echt hielten, weiß ich nicht. Es ist eher unwahrscheinlich, welcher Kaufinteressent kommt schließlich im dunklen Anzug mit Fliege an einem Sonntag?

Er war wie sein Vater, der bis ins hohe Alter nicht ernst sein konnte. Aber niemand war ihm böse, sicher auch die Eigentümer des Hauses nicht, die bis heute dort wohnen. Sie haben sich bestimmt amüsiert über den freundlichen langen Kerl in seinem dunklen Anzug. So begegnen ihm die Menschen. Else würde sagen: „Fritzke ist ein Clown" (es würde sich anhören wie „Klohn"). Auch da war er wie sein Vater, mein Bruder Fritz. Er war in vielen Dingen ein genaues Abbild, genauso lang zum Beispiel, nur Fußball spielte er nicht. Dafür konnte er von morgens bis abends von seinem Lieblingsverein erzählen, Borussia Mönchengladbach. Ich fand den Verein später auch ganz sympathisch, sympathischer als die Bayern auf jeden Fall, die sich jedes Jahr mit den Gladbachern bei der deutschen Meisterschaft abwechseln.

Die Enkelschar wuchs, am Ende waren es fünf, und ich fühlte mich gut dabei, als Familienoberhaupt. Dazu trugen die Sonntagskaffee-Stunden bei. Die ganze Familie war bei uns zu Gast. Lene machte Torten oder einen Kuchen, der Tisch im Wohnzimmer war festlich gedeckt. Es war ein ganz fester Termin. Auf jeden Fall durfte niemand fehlen. Oft platzte ich geradezu vor Stolz.

## 32 Das Fernsehen kommt

Unter der Woche ging ich viel spazieren. Ich war außerordentlich beliebt bei den Kindern der Nachbarschaft, die auf den Straßen rund ums Kastell spielten. Denn ich setzte bei den Spielen kleine Preise aus, einen Groschen oder ein paar Bonbons. Die Kinder nannten mich Onkel, sie spielten Verstecken, Nachlaufen, Ball oder Gummitwist - sogar die Jungs spielten Gummitwist. Es gab viele Kinder damals. Und ihr Spielplatz war die Straße. Es fuhren viel weniger Autos als heute, und wenn mal eines vorbeikam, wurde das Spiel nur kurz unterbrochen.

Die ganz Mutigen spielten am Bahndamm und an der Eisenbahnbrücke, die über die Niers führte. Das war natürlich gefährlich und streng verboten. Aber hatten wir uns früher an alle Gebote gehalten? Nicht einmal wir. Ich guckte weg, wenn ich ein paar Kinder zum Bahndamm laufen sah. Es ist nie etwas Schlimmes passiert. Manchmal ist wohl einer in die Niers gefallen. Das war die eigene Schuld. Else machte dann immer ein großes Theater, weil die Niers angeblich so giftig war von all den Abwässern, die aus den Textilfabriken in Mönchengladbach kurz hinter der Quelle eingeleitet wurden. Ich glaube, dass der Schreck, wenn einer reinfiel, als Warnung für alle Zeiten reicht. Ich hielt es mit dem Grundsatz: „Wer nicht hören will, muss fühlen." Das hatte uns auch nicht geschadet.

Else schaffte einen Fernseher an. Ich fand das überflüssig, aber ich ließ sie gewähren. Bei Sportübertragungen schaute ich auch zu und bei den Nachrichten. Ich wollte doch wissen, was passiert. Und gespannt war ich, wenn Amerikaner und Russen mal wieder Raketen ins Weltall schossen. Röbke, mein dritter Enkel, kam zur Kinderstunde, weil mein Sohn noch keinen Fernseher hatte. Else schaute mit ihm „Basteln mit Tante Erika". Für so etwas hatte ich keine Zeit.

Die Nachrichten sah ich mir natürlich an, und die Zeitung las ich auch. Als Präsident Kennedy in Amerika erschossen wurde, schaute ich den ganzen Tag auf den Fernseher. Ich konnte es nicht glauben, obwohl Kennedy für mich kein Heiliger war. Anders als für Else, die davon überzeugt war, dass der junge Präsident ein Vorbild für alle war. „Ein guter Katholik", sagte sie, „der geht jeden Sonntag in die Kirche." Ich hatte schon lange meine Zweifel daran, dass der regelmäßige Kirchgang einen Menschen zu einem guten Christen machen. Selbst in unserer kleinen Stadt gab es genügend Gegenbeispiele. Da saßen welche den halben Sonntagvormittag mit schiefgelegtem Kopf in der ersten Bank, und im normalen Leben verstießen sie gegen jedes Gebot, wenn sie nur etwas davon hatten.

Damit konnte man Else nicht kommen. Für Kennedy hätte sie am liebsten einen Schrein aufgebaut im Wohnzimmer. Aber weil sie wusste, wie ich darüber dachte, hat sie nichts davon gesagt. Drei Tage hat sie geweint, als wenn ein guter Freund gegangen wäre. Das fand ich albern.

Wenn Röbke mit seinem Vater am Samstag zur Sportschau kam oder zu den Spielen der Weltmeisterschaft 1966, dann schaute ich mit. Ich kannte die Namen von all den jungen Spielern, dem Beckenbauer, dem Held und dem Emmerich. Und ich kannte Uwe Seeler. Der war mir sehr sympathisch, weil er nie aufgab. Am wenigsten leiden konnte ich den Beckenbauer, weil der nie kämpfte und immer alles so arrogant nebenbei erledigte. Dabei verdient er so viel, da könnte er sich ein bisschen mehr bemühen. Für Röbke war er ungefähr das, was Kennedy für Else war. Also schimpfte ich nicht zu laut über ihn. Ein guter Fußballspieler war er ja.

Mehr als 20 Jahre waren seit dem zweiten Krieg vergangen, und manchmal ging es mir so gut, dass ich es kaum glauben konnte. Ich schlief gut und viel, meine Dämonen ließen mich in Ruhe. Sie lagen aber wieder einmal nur auf der Lauer. Das konnte ich nicht wissen, und das wollte ich nicht wissen.

Zwei Kriege hatte ich hinter mir, die Kaiserzeit, die Lager in Peenemünde und Nordhausen, den Bombenangriff auf Goch. Ich hatte beim Wiederaufbau mitgemacht und gesehen, dass so mancher, der früher was war, auch heute wieder wer war. Das machte mich bei aller guten Laune über die Familie, den Frieden im Land und eine wachsende kleine Stadt zuverlässig wütend. Ich wusste nur nicht wohin mit der Wut. Manchmal war es mir, als wenn jemand ganz weit weg leise hämisch lachen würde. Das machte mich noch wütender. Außer mir schien es niemand zu hören.

Unser Land wurde zu einer Demokratie. Im Westen war die Freiheit, im Osten das Böse. Das sagten sie im Fernsehen. Und obwohl ich das mit dem Osten auch glaubte, war ich überzeugt, dass auf beiden Seiten viel gelogen wurde. Adenauers Lügen waren mir allerdings lieber als die von Ulbricht, dessen Dialekt ich schon mal überhaupt nicht mochte. So wenig wie sein Bärtchen am Kinn. Adenauer war schlau, und sein Kölner Dialekt klang immer so harmlos, ein bisschen wie Karneval. Er hatte es geschafft, dass in den späten 50ern die letzten Kriegsgefangenen nach Hause kamen. Wie viele andere glaubte ich, dass damit der Krieg endgültig vorbei war. Und ich war ihm persönlich dankbar. Adenauer war mein kluger König der Demokratie.

Seine Gefolgsleute hielten ihn sicher auch für klug, aber sie wollten wohl keinen König. Deshalb waren viele bald keine Gefolgsleute mehr, der alte Mann musste abdanken. Für mich war das ein Beweis dafür, dass die Politik so schmutzig war wie eh und je, Demokratie hin oder her. Es mischten nur mehr Spieler mit, deren Gesichter man aus dem Fernsehen kannte. In ihren Reden hoben sie ihre Verdienste ums Wirtschaftswunder hervor. Ludwig Erhard, dem die Zigarre so wenig ausging wie unserem Nachbarn Willi, galt als Vater der sozialen Marktwirtschaft. Es gab kaum Arbeitslose, es wurden immer mehr Autos, das Geknatter der Zweitakter von DKW habe ich noch im Ohr.

Unser Nachbar Theo Planken, der über den Torweg zu seinem Malerbetrieb fuhr, hatte einen DKW mit großen runden Kotflügeln. Das Dach war weiß, der Rest blau, die Reifen hatten weiße Wände. Bei allem Widerwillen gegen Autos musste sogar ich zugeben, dass der ganz gut aussah. Aber der dicke Qualm, der aus dem Auspuff knatterte, stank. Der Nachbar erklärte mir, das liege am Zweitakt-Motor. Das war mir egal. Die Enkel fanden das Auto und das Knattern beeindruckend. Manchmal nahm Theo Planken sie im Auto mit. Die Türen gingen nach vorn auf, und die Enkel saßen auf dem Beifahrersitz wie kleine Könige. Sie erzählten nachher davon, als hätten sie große Abenteuer bestanden.

Wir hatten die Enkel oft zu Besuch. Lene verwöhnte die Kinder. Röbke bekam immer eine Flasche halb Apfelsaft, halb Sprudelwasser. Damit stellte er sich auf den Torweg, lehnte mit einem angezogenen rechten Knie an der Mauer zum Garten. Das hatte er bei einem Baggerführer gesehen, und Baggerführer waren natürlich große Vorbilder. Wenn wir keinen Besuch hatten, was selten vorkam, schnitt ich Karikaturen aus der Zeitung aus, klebte sie mit Buchkleber in dicke Mappen und schrieb meine Kommentare darunter. Mein Sohn musste die fertigen Seiten im Büro fotokopieren. Es ging uns gut. Zu gut?

## 33 Jugend ohne Anstand

Manchmal konnte man das glauben. Vor allem die Jugend brachte nicht viel Dankbarkeit auf. Sie hatte den Krieg nicht mehr erlebt, oder sie hatte ihn schon lange wieder vergessen. In Berlin demonstrierten Studenten auf der Straße, die Polizei musste einschreiten. Mir machte das Sorgen, auf den Straßen von Berlin hatte schon so viel Unheil begonnen. Die Studenten protestierten gegen alte Nazis, die in unseren Parlamenten, in den Gerichten und den wichtigen Ämtern saßen. Dafür hatte ich sogar Verständnis. Aber sie benahmen sich einfach nicht gut. Schlecht erzogen fand ich sie, viel zu laut und unordentlich.

Und dann diese Mode. Die jungen Männer ließen sich die Haare lang wachsen, sie trugen verwaschene Mäntel, die wie Soldatenmäntel aussahen. Vielleicht waren es alte Soldatenmäntel. Nicht mal am Sonntag banden sie sich eine Krawatte um. Sogar in unserer kleinen Stadt nicht. Das verstand ich so wenig wie die Musik, die sie hörten. Ich selbst hörte sowieso nie Musik. Else schon, sie hatte ja ihre beiden Radios. Das eine in ihrem Wohnzimmer, das unserem Schlafzimmer im ersten Stock gegenüberlag. Das andere im Schlafzimmer. Eines lief fast immer. Sonntags hörte sie Radio Luxemburg, zum Glück nicht diesen englischen Krach, aber manchmal hörte sie auch zur Mittagszeit Musik. Das habe ich selbstverständlich verboten.

Wenn meine Enkel über Nacht blieben, hörte sie mit ihnen bis fast in den Morgen Musik im Radio. Else hatte ein Doppelbett, die Kinder schliefen in der anderen Hälfte. Wenn die Kinder da waren, durfte Else auch nachts Musik hören. Kindern kann man doch nichts verbieten. Else hat ihnen nie etwas verboten.

Vor allem den Kindern von meinem Sohn hat sie nichts verboten. Es hat ihnen nicht geschadet.

Die älteren Enkel wurden langsam zu erwachsen für Else. Der älteste war nach seiner Schulzeit beim Militär und ging dann zum Studium nach Bonn, und der zweitälteste hörte viel von dieser komischen englischen Musik. Er wurde auch Soldat, Wehrpflichtiger nannte man das. Es war eine andere Armee als die, in der ich gewesen war. Staatsbürger in Uniform sollten die Soldaten sein, haben mir die Enkel erzählt. Und die Armee war Teil der Nato, die den Westen angeblich vor dem Ostblock schützte. Ich hatte genug Soldaten gesehen und hielt nichts von der Wiederbewaffnung. Wo Waffen sind, ist der Krieg nah. Das hatte ich gelernt. Aber das wollte niemand hören. Die Bundeswehr, so hieß unsere neue Armee, hielt sich für modern und demokratisch. Von dem Dreck, den wir erlebt hatten, konnte sie nichts wissen. Verwöhnte Söhnchen aus dem Wirtschaftswunderland spielten Soldat, ohne zu wissen, wie schnell aus dem Spiel Ernst werden konnte.

Ich sprach darüber nicht mit meinen Enkeln, weil ich ihren Stolz nicht stören wollte, wenn sie beim Sonntagskaffee von ihren Heldentaten berichteten. Es waren Erzählungen aus einem Ferienlager, und ich dachte daran, wie ich 1914 am Bahnhof stand - dumm und stolz und jung.

Mein ältester Enkel wurde ein guter Student - nicht einer von denen, die ihre Studienzeit mit Protestieren und Krakeelen verbringen wie die Studenten, von denen die Zeitungen schrieben und die man im Fernsehen Steine werfen sah. Vielleicht war die Bundeswehr ja doch zu etwas nütze.

Aber auch in unserer kleinen Stadt kam die Rebellion aus den Großstädten an. Das habe ich in der Zeitung gelesen. In der Aula des Gymnasiums machte die SPD eine Wahlkampfveranstaltung. Der Schriftsteller Günter Grass war eingeladen. Seine Bücher hatte ich nicht gelesen, aber seinen Namen kannte ich. Er war ein berühmter Mann und angeblich ein Freund von Willy Brandt. Deshalb machte er Wahlkampf für die SPD. Ich hatte nichts dagegen.

Ein paar Krawallmacher schon. Ich habe Bilder von ihnen in der Zeitung gesehen, zu der Veranstaltung bin ich natürlich nicht gegangen. Sie trugen lange Mäntel aus Leder, wie ich sie schon mal bei der Wehrmacht gesehen hatte, und sie trugen lange schwarze Stiefel. Ihr Haar fiel ihnen auf die Schultern. Und als wenn das noch nicht genug wäre, sprangen sie bei der Veranstaltung auf die Bühne und auf den Tisch, an dem der Schriftsteller saß. Sie haben ihn wohl laut beschimpft, und weil nicht genügend Ordner im Saal waren, brüllten sie so lange herum, bis Grass seine Sachen packte und verschwand.

Für so etwas musste man sich doch schämen. Die Krawallmacher waren aus Düsseldorf angereist, und ältere Gymnasiasten sollen sie sogar beklatscht haben, schrieb die Zeitung. Am Ende riefen alle „Ho, Ho, Ho-Chi Minh", wie sie das im Fernsehen gesehen hatten, und hielten rote Bücher hoch. Mao-Bibeln nannten sie die. Ich weiß nicht, was drinsteht. Sie wahrscheinlich auch nicht.

Statt rumzuschreien, hätten sie mal lieber gegen ihre Freunde in Russland protestiert. Die marschierten nämlich in die Tschechoslowakei ein, weil da ein Staat aus der Reihe tanzen wollte. Mit Panzern haben sie das verhindert, wie vorher in der DDR und in Ungarn. Da gab es genug zu schreien, aber da habe ich sie nicht gehört, die Studenten.

Aus der Zeitung schnitt ich nun auch Karikaturen des tschechoslowakischen Präsident Dubcek aus. Er hatte eine ganz spitze, lange Nase, aber die Fernsehsender zeigten ihn nicht lange. Er verschwand aus Fernsehen und Zeitungen, als der Aufstand niedergeschlagen war. Zeitungen und Fernsehen interessieren sich nur für Sieger. Vielleicht, weil wir uns alle nur für Sieger interessieren.

## *34 Es geht doch zum Mond*

Im Sommer 1969 schickten die Amerikaner den ersten Menschen auf den Mond. Ich fühlte mich immer komisch, wenn ich im Fernsehen die Raketen aufsteigen sah, die Explosion des Feuers beim Start, das Herabklappen der Halterungen am Gerüst, das langsame, stetige Steigen, das Absprengen der einzelnen Stufen. Natürlich dachte ich an Peenemünde, an die Versuchsanlagen im Wald, an die Häftlinge, die zu Tode kamen, wenn sie Reste verunglückter Versuche zusammensuchten. Ich dachte an Thüringen, an den tiefen Todestunnel, an die Hinrichtungen in aller Öffentlichkeit. Ich dachte an brüllende SS-Männer.

Und selbstverständlich dachte ich an Wernher von Braun. Im Fernsehen konnte man ihm kaum aus dem Weg gehen. Er sprach über technische Details, über den Traum der Mondlandung, über seine Lebensaufgabe. Niemand fragte ihn nach seiner SS-Uniform, nach dem Dritten Reich und seiner Rolle im Nazi-Staat. Er war ein Held, der ohne Rumpeln die Seiten gewechselt hatte. Nicht der einzige, aber bei ihm ging es sehr glatt.

Deutsche und Amerikaner lauschten ihm andächtig. Aber bevor sich bei mir so etwas wie heimlicher Stolz breitmachen könnte, bei der Entwicklung einer Mondrakete zumindest mal beteiligt gewesen zu sein, schoben sich die Bilder aus Thüringen und vom Luftangriff auf Peenemünde, die Bilder von Leichen im Tunnel und Leichenfetzen im KZ-Zaun von Karlshagen dazwischen.

Für mich war von Braun eine zwielichtige Gestalt. Ich wunderte mich, dass ihn die Amerikaner feierten, wie es die Nazis getan hatten. Nazis und Amis fanden, dass in der Versuchsanstalt von Peenemünde die ersten Schritte auf dem Weg zu den Sternen getan wurden. Dabei ging es den Nazis nur um Waffen. Das wusste von

Braun bestimmt. Und mich kann er nicht täuschen, wenn er versichert, nie Mitglied der SS gewesen zu sein. Das wusste ich besser. Die Amerikaner mussten das doch auch wissen, aber es hat sie wahrscheinlich nicht interessiert.

Trotzdem habe ich jede Sondersendung vom Nasa-Programm gesehen. 27 Stunden lang begleitete das Fernsehen die Mondlandung. Auch wenn ich auf meiner Chaiselongue immer wieder einschlief, war ich dabei. Lene machte Brote und ging irgendwann ins Bett. Ich starrte aufs Bild und versuchte, zu verstehen, was der Mann im Studio sagte. Er hieß Günther Siefarth, und er war in Deutschland während der Raumfahrt-Zeiten in den 60ern ein Star wie von Braun. Er saß an einem Schreibtisch, schaltete manchmal übers Telefon in die USA, wo ein Reporter berichtete, wie weit das Raumschiff Apollo 11 mit seiner Mondmission war. Ich weiß noch, dass ein Modell der Landefähre im Studio stand. Siefarth erklärte den Raumanzug, zwei Mitarbeiter trugen Attrappen. Einer der Mitarbeiter war ein Student. „Da kann man mal sehen, die können auch was Sinnvolles tun", dachte ich.

Siefarth trug einen kleinen Knopf im Ohr, dort hörte er die neuesten Nachrichten aus Amerika und dem All mit. Am Abend gegen neun Uhr schaltete der Sender in die USA. „Der Adler ist gelandet", verkündete die Nasa-Zentrale in Houston. Die Landefähre hat auf dem Mond aufgesetzt. Aber es dauerte noch bis zum frühen Morgen, ehe der Astronaut Neil Armstrong den Trabanten betrat. Es sind ganz dünne Bilder, die in mein Wohnzimmer flimmerten, die Menschen und ihr Flugzeug wirkten durchsichtig. Und es war staubig auf dem Mond, staubig und grau.

Armstrong sagte den Satz, den er bestimmt geübt hat, und der so berühmt wurde: „Dies ist ein kleiner Schritt für einen Menschen, aber ein gewaltiger Sprung für die Menschheit." Ich fand, da hat er recht. Während die Astronauten auf dem Mond herumhüpften und mit einem Hammer Steine zerschlugen, die sie zur

Erde mitnehmen sollten, dachte ich daran, wie oft ich hochge-
schaut hatte zum Mond, dessen Krater man mit bloßem Auge sehen konnte. Dass es dort oben so friedlich ist, wie ich es mir vorgestellt hatte, wusste ich ja nun.

Aber würde dort irgendwann jemand leben können? Lohnte
sich das viele Geld, das Amerikaner und Russen für ihren Wettlauf
nach da oben ausgegeben hatten. Mussten große Forscher wie von
Braun so skrupellos sein und viele tausend Menschenleben für ihre
eigene Unsterblichkeit opfern? War er wie diese Feldherren, von
denen wir in den Schulbüchern lasen, die bedenkenlos Armeen in
den Untergang schickten, nur weil sie sich selbst Ruhm versprachen? Und würden spätere Generation nur den von Braun kennen,
der Raketen auf den Mond schickte und wie die Amerikaner nichts
vom von Braun im Nazi-Reich wissen wollen?

Ich hatte selbst die Faszination gespürt, die vom Traum der
Mondfahrt ausgeht. Viele Märchen erzählen davon. Das ist ja kein
Zufall. Aber ich hatte auch gesehen, wie gnadenlos sich von Braun
die Nazimaschine zunutze machte - so wie sie ihn für sich ein-
spannte. Ich war ein Teil dieser Maschine gewesen, ein Rädchen
in ihrem Getriebe, ich hatte ihr beim Arbeiten zusehen können. Ich
war ratlos nach dieser langen Nacht, hörte den Triumph in den
Kommentaren, hörte, wie sie von einem historischen Tag sprachen
und von Braun als Pionier feierten. Wenn ich ihn sah in seinem
weißen Hemd mit dem schwarzen Schlips, sah ich auch immer die
schwarze SS-Uniform, von der er immer behauptete, sie nie getragen zu haben. Ich sah vor allem schlimmes Unrecht, das er auf dem
Weg zum Mond begangen hatte. Und ich fühlte mich immer noch
mitschuldig. Am Morgen ging ich doch noch ins Bett, und mir war
überhaupt nicht feierlich zumute. Wir waren auf dem Mond, aber
zu was für einen Preis?

## 35 Wie man einen Vogel zeichnet

Während die Amerikaner zum Mond flogen und sich die Spuren des Kriegs verflüchtigten, richteten wir uns in der neuen Zeit ein. Unser Haus wurde immer schöner. Wir hatten jetzt ein Badezimmer mit fließend warmem Wasser. Das alte Plumpsklo im Hof benutzten nur noch die Männer und Enkel in der Familie zum Wasserlassen, wenn sie die Treppe nicht heraufsteigen wollten. In der Waschküche im Hof wurde tatsächlich nur noch Wäsche gewaschen. Der alte Holzbottich und die Blechwanne, in denen wir samstags gebadet hatten, wanderten als Blumenkübel in den Garten. In der Schmiede machte ich manchmal ein paar Kleinigkeiten an der Werkbank, im Haus drehte ich mal einen Haken rein oder zog einen Nagel raus. Und im Hof hatte ich nun eine kleine Volière, ich züchtete Singvögel. Am schönsten fand ich den Dompfaff mit seinem roten Bauch und dem schwarzen Kopf. Meinen Enkeln zeigte ich, wie man den malt: „Zuerst ein Fisch, dann die Flügel und die Füße. Fertig!" Ich machte mächtig Eindruck.

In ein altes Haus am Ende unseres Torwegs fast am Ufer der Niers, das ich für baufällig hielt, zog die italienische Familie Giordano ein. Das war eine echte Sensation, wir hatten noch nicht so viele Ausländer in der Stadt. Es war eine Familie mit vielen Kindern, drei gingen mit meinen ältesten Enkeln zur Schule, bis zum Gymnasium, das fand ich sehr bemerkenswert. Ihr Vater hatte am Tag eine Eisdiele auf der Voßstraße, abends wurde daraus eine Bar. Es hieß, dass im Hinterzimmer gespielt wurde. Ich glaube, es war allerlei lichtscheues Gesindel zugegen. Aber nur nachts, tagsüber verwandelte sich der Laden in etwas völlig Harmloses.

So war es auch mit dem Inhaber. Am Sonntag zog er mit der ganzen Familie zur Kirche, alle feingemacht, er mit ordentlich Pomade im schwarzen Haar. Während die Familie ihre Plätze in der Bank suchte, marschierte Giordano durch den Mittelgang und legte die letzten Meter auf den Knien zurück. Das fand ich dann doch ein bisschen übertrieben. Vielleicht hat es ihm das Seelenheil gerettet. Er glaubte bestimmt daran. An Wochentagen spielten seine Jungs mit meinen Enkeln und Kindern aus der Nachbarschaft Fußball auf dem Torweg, die Mauern waren die Seitenlinien. Es war sehr eng auf diesem Spielfeld. Röbke sagt: „Das ist was für Techniker." Sie ließen ihn schon früh mitspielen. Er war ziemlich stolz. Bald spielte er besser als die Großen.

Die hatten ohnehin anderes im Sinn. Der Älteste, der mit meinem ältesten Enkel auf der Schule gewesen war, entschied sich gegen das Studieren. Er machte ein paar Restaurants auf, das erste in Goch, es war eine Pizzeria - wieder so etwas, das ich nicht ausprobieren wollte. Aber er wurde ein sehr erfolgreicher Geschäftsmann. Und weil er nicht wie sein Vater auf Knien durch den Mittelgang der Magdalena-Kirche rutschte, wird es um sein Seelenheil auch schon vor dem Kirchgang gut bestellt gewesen sein.

In Bonn regierte einige Jahre eine Große Koalition aus CDU und SPD. Meine Lieblingskarikaturen zeigten Willy Brandt mit seiner spitzen Nase und den Bundeskanzler, den ehemaligen Nazi Kurt-Georg Kiesinger, der seinen Mund zur arroganten Schnute zieht. Unter eine schrieb ich: „Geht es um Macht und Geld, ist oder wird ein jeder, seine eigene Rolle spielend, ein großer Held."

Vielleicht fanden das die Studenten, die in Berlin auf die Straße gingen, auch. Ich weiß es nicht. Ihre Sprache habe ich nicht verstanden, weil sie unheimlich viele Fremdwörter benutzten. Sie kamen sich wahrscheinlich ziemlich klug vor. Ich fand sie unverschämt, respektlos, ohne Manieren. Besonders den Dutschke mochte ich nicht, wenn er im Fernsehen herumschrie und giftete. Der erinnerte mich an schlimme Zeiten, die ich nicht mehr erleben wollte. Er mochte andere Ziele haben, aber er führte sich oft auf wie die Naziredner. Wie wollte er da für eine gerechte Sache einstehen, wenn schon die Form nicht stimmte? In Berlin wurde ein

Student bei den Demonstrationen erschossen. Das hatten sie davon.

Ich protestierte allerdings auch. Gegen die Umgestaltung unseres Marktplatzes, die große Politik konnte ich ja doch nicht ändern. Auf dem Marktplatz fielen die Bäume, die ihm sein Wesen gegeben hatten, die man nun nur noch auf den alten Bildern sieht. Ich protestierte beim Bürgermeister, ich schrieb lange Briefe. Ich erinnerte ihn daran, wie wir mit dem Lehrer Baums zwischen den Kriegen im Gartenbauverein mit am neuen Stadtpark gearbeitet hatten. Und ich wies darauf hin, dass ich wusste, wovon ich da schrieb. Eine Antwort bekam ich nicht. Auch die neue Demokratie hatte ihre Grenzen. Manchmal lagen sie hinter der Tür der Amtsstuben.

Auf die Straße ging ich nicht für oder gegen etwas. Es hätte sich wahrscheinlich nicht gelohnt, und Anstand hatte es auch nicht. Ich dachte immer: Wie man in den Wald hineinruft, so schallt es heraus. Wer kann schon ein Gespräch erwarten, wenn er schreit? Obwohl ich nicht geschrien habe, gab es keine Gespräche. Hab ich es bedauert? Und wie, es machte mich wütend.

Meine Enkel bekamen ebenfalls immer längere Haare. So war das eben. Ich gab es auf, sie daran zu erinnern, wie das aussieht. Ich kämmte meine Haare jeden Morgen mit Brisk in Form und ging nie ohne gut gebundene Krawatte aus dem Haus. Sonntags ließ ich die Enkel an meinem Sofa antreten und gab ihnen Sonntagsgeld. Ihre Zeugnisse zeigten sie mir jedes halbe Jahr. Für gute Noten gab ich ihnen eine Mark, die schlechten kommentierte ich nur leise („das muss aber besser werden"), meistens gar nicht.

Ich war gespannt, was mal aus ihnen werden würde. Sie würden es sicher besser haben als wir, studieren, eigene Kinder haben, ein Haus. Bestimmt ein großes Auto, das hatten doch schon so viele. Manchmal träumte ich davon, das alles noch erleben zu können. Dann vergaß ich, wie alt ich war. Uns allen läuft die Zeit davon, dachte ich dann, irgendwann ist so ein Leben zu Ende, und meines wird sehr viele Bomben und schlechte Menschen gesehen haben. Meine Enkel haben es jetzt schon gut, sie kennen keinen Krieg, der in meinem Leben ungefähr alle 20 Jahre vorkam. Es sieht nicht so aus, als würde dieser Rhythmus halten. Gott sei Dank. Wenn ich mein Leben noch einmal haben dürfte, hätte ich vielleicht einen Ratgeber, der mir die richtigen Reime zeigt. Ich reime so gern, aber es hört sich nichts richtig rund an, so sehr ich daran drehe und feile. Das merke ich, und ich sehe es in den Augen derer, denen ich vorlese. Ich sehe es auch in den Augen meines Sohnes, wenn er die Fotokopien der Karikaturen mit meinen oft gereimten Kommentaren zurückbringt. Aber ich weiß nicht, wie ich das ändern kann. Wären die Wörter Stücke aus Metall, wäre alles anders. Die könnte ich fügen, ohne nachzudenken, sie hätten ihre Gestalt, wenn ich es nur wollte.

Oder ich hätte eine eigene Flugzeugwerkstatt. Vielleicht wäre ich einer, der mit diesen Raketen durchs All zum Mond fliegt wie die Amerikaner, statt einer gewesen zu sein, der an Raketen herumgeschraubt hat, mit denen Menschen umgebracht wurden. Vielleicht würde das Fernsehen Bilder von mir zeigen, wie ich in einem dicken Anzug über den staubigen Mond spaziere oder in einem großen Saal mit vielen anderen Technikern sitze, die jubeln, wenn eine Rakete startet. Vielleicht hätte ich einfach ein ganzes, friedliches Leben für mich, für meine Enkel, für Lene. Oh ja, auch für Lene.

Ein bisschen wurde ich in diesen Jahren nach dem zweiten Krieg entschädigt, das schon. Das Leben ging endlich einen ruhigen, ordentlichen, friedlichen Gang, vielleicht hatten wir doch etwas gelernt. So viel Hoffnung habe ich.

# 36 Ich werde ein Heimatdichter

Meine Hände waren für die kleinen Dinge, die ich früher so gut konnte, bald nicht mehr zu gebrauchen. Aber schreiben konnte ich noch. Ich fing an, nach den Kommentaren zu Karikaturen kleine Geschichten und Gedichte zu schreiben. Mit denen betörte ich mich selbst und die Dämonen der Nacht. Sie hatten wirklich lange keine Zeit für mich. Ich konnte es kaum glauben, und ich grübelte lieber nicht darüber nach. Böse Geister soll man ja nicht wecken.

Zuerst war es mein Sohn, der die Geschichten am Sonntag auf der Schreibmaschine abtippen musste, später meine älteren Enkel. Weil sie meine Schrift nicht lesen konnten, diktierte ich ihnen. Dafür gab ich ihnen ein paar Mark. Sie waren immer sehr artig, das muss ich sagen. Besonders mein ältester Enkel, der ein sehr pflichtbewusster Junge war. Er trug sonntags eine Krawatte, war ein sehr guter Schüler und natürlich ein aufmerksamer Student. Er wird bald ein richtiger Doktor sein - zwar nur ein Doktor der Chemie, aber immerhin ein Doktor. Das hatten wir noch nicht in der Familie. Weihnachten spielt er in unserem Wohnzimmer Weihnachtslieder auf der Gitarre, manchmal begleitet ihn sein Vater auf der Mundharmonika. Alle singen mit („übers schneebedeckte Feld wandern wir"), nur ich nicht, weil es ein evangelisches Lied ist. Aber ich bin dann oft fast glücklich. Das hatte ich 50 Jahre lang nicht.

Mein erstes Gedicht richtete sich direkt an meine Träume. Es hieß „Der Lügner". Es ist vielleicht nicht schön. Und als mein Sohn es nach dem Abtippen zurückbrachte, sah ich, dass es ihm nicht gefiel - warum auch immer. Er hätte das aber nicht gesagt. Ich habe ihn nicht gefragt, warum er so ausschaute, als wenn er es nicht schön fände. Ich war stolz, weil ich wusste, dass ich nur ein Schmied war und nicht Goethe oder Schiller. Und dass es holperte,

fand ich nicht schlimm. Ich hatte beschlossen, das gar nicht zu hören. Ich glaube, Goethe und Schiller hätten nie ein Pferd beschlagen können - geschweige denn ein Flugzeug schmieden.

Das Gedicht ging so:

„Im Traum erschien mir ein Mann, mit einem weißen Kittel an-
getan. Dieser Mann hatte so viel gelogen, dass sich die Balken bogen. Was er hat krummgebogen, haben seine Mitarbeiter gerade
gebogen. Allzu früh kam für ihn die Zeit, da ging es ab mit ihm in
die Ewigkeit. In der Hölle war für ihn ein Platz reserviert neben
dem Lügendoktor Goebbels. Über diese Maßnahme fühlte er sich
so brüskiert und schockiert, dass er sich beim Höllenfürsten mit
den Worten hat beschwert: Er sei niemals in der Partei gewesen.
Da hat der Teufel zu ihm gesagt: Du bist ja nicht gefragt, aber diesmal hast du die Wahrheit gesagt. Warum konntest du nicht immer
so wahrheitsliebend sein? Dann würdest du statt in der Hölle nun
im Himmel sein. Im Schweiß gebadet bin ich erwacht und habe
über diesen seltsamen Traum und seine Deutung nachgedacht.
Nehmt Euch die Schlussfolgerung aus dieser Traumgeschicht zur
Notiz: Wer die Wahrheit nicht liebt und vor Gericht wider seinen
Nächsten ein falsches Zeugnis gibt, der wird nach seinem Ableben
in die Hölle geschickt."

Ich weiß schon vor meinem Ableben, wovon ich spreche. Und
wenn es auch keiner hören wollte, schrieb ich mir meinen Unmut
über die neue Demokratie ebenfalls von der Seele. Ich schrieb:

„Echte Demokraten, großzügig wie sie sind, gerne vergeben.
Aber nicht vergessen, was wir in dem so wunderlich entstandenen
sogenannten Großdeutschland mussten erdulden und erleben,
wenn die alten Helden wie ehedem, als wäre niemals etwas ge-
scheh'n, wieder öffentlich zur Schau im Rampenlicht steh'n."

Geändert habe ich auch dadurch nichts. Natürlich nicht, ich war
ja nicht berühmt. Aber ich muss gestehen: Ich fühlte mich besser

in dieser Zeit. Ist das selbstgerecht? Wahrscheinlich. Doch das ist mir gleich.

Meine Gedichte waren meistens nicht so schwer, und sie spielten auch nicht immer in der Politik. Sie handelten von einem riesigen Krokodil im Baggerloch an der Weezer Straße, das ein tapferer Feuerwehrmann im Zweikampf besiegte, der daraufhin zum Helden der Stadt wurde, von der dahinrasenden Zeit und vom Mond, oft handelten sie vom Mond. Ich stellte mir vor, wie er von den Menschen, die inzwischen durchs Weltall flogen, besiedelt würde. Ich warnte davor, dass Amerikaner und Russen ihren Atomkrieg vom Mond führen könnten. Ich schrieb meinen Freunden und Bekannten zum Geburtstag. Ich schrieb jeden Tag.

Mit der Wahrheit hielt ich es nicht so genau. Meine Lieblingsgeschichte war die von einer Begegnung in einem Schützengraben in Frankreich. Später wurde sie sogar in der Zeitung abgedruckt.

Sie spielt 1916.

„Im Vorgelände von Fort de Vaux bezog unser Bataillon die Reservestellung. Am 2. Mai wurde uns bekannt gemacht, dass die erste Kompanie, welcher ich angehörte, mit Sturmgepäck und der dazu gehörenden eisernen Ration beim Eintreten der Dunkelheit durch die Laufgräben zur ersten Linie in den Schützengraben eingeschleust würde.

Fünf Soldaten wurden für die kommende Nacht für die Feldwache bestimmt. Es waren zwei Krefelder, ein Berliner und zwei Gocher. Als Gefreiter war ich der Führer und hatte den Auftrag, abends um zehn Uhr mit meinen Kameraden den Graben zu verlassen und ins Niemandsland vorzustoßen. Einerseits zur Sicherung des Gros, aber auch um möglicherweise festzustellen, was sich im Vorgelände tat. Es klappte. Die ersten hundert Meter gingen wir in Schützenlinie. Dann robbten wir weiter mit aufgepflanztem Seitengewehr. Um die Aufmerksamkeit des Feindes nicht auf

uns zu lenken, durften meine Kameraden ohne Befehl nicht schießen.

Plötzlich lagen wir vor einem französischen Graben. Vor Auf-
regung pochte unser Herz. Wir verhielten uns eine halbe Stunde
ganz ruhig. Dann stellten wir fest, dass der Graben leer war. Freu-
digen Herzens übersprangen wir den Graben. Nach 30 Meter kro-
chen wir weiter. Dann drehten wir rechts ab. Wir hatten den Befehl
ausgeführt und wollten wieder zur Ausgangsstellung zurück.

Da wir keine Gefahr mehr witterten, gingen wir mit dem Gewehr im Arm nebeneinander. Es wurde auch Zeit für uns, denn der
Tag war im Anmarsch. Zu unserem Glück wurde es neblig. Als
wir wieder an dem vorher überquerten Graben vorbeikamen,
stockte uns der Atem. Fünf Meter von uns entfernt standen fünf
Franzosen im Graben. Das Gewehr lag in der Böschung. Sie schauten zur deutschen Stellung hin. Geistesgegenwärtig rief ich: „Bon-
jour, Messieurs." Wie aus der Pistole geschossen drehten sie sich
um und starrten voller Entsetzen auf unsere Bajonette. Sie glaubten
an eine Einkreisung und hoben die Arme hoch. Zwei Mann sprangen über den Graben und nahmen die Gewehre fort. Dann sprangen auch wir herüber. Von selbst kamen jetzt die Franzosen aus
dem Graben.

Wir musterten uns und hatten zu unserem Erstaunen zwei
schwarze, einen Mulatten und zwei weiße Franzosen gefangen genommen. Da sagte der Mulatte zu mir: „Segg, sitt gej änne
Gochse?" Mir verschlug es die Sprache. Nach ein paar Sekunden
sagte ich: „Jo."

„Kennt gej minn nitt?", fragte der Mulatte. Ich sagte: „Nee." Da
holte der Mulatte aus und sagte: „Ich habe die letzten Jahre vor
dem Krieg immer mit türkischem Honig auf dem Gocher Kirmes-
markt gestanden, und ihr wart ein guter Kunde, jeden Tag habt ihr
für 25 Pfennig gekauft. Deshalb hab ich euch direkt erkannt. Ich

hatte mehr Kunden, die mit fünf Pfennig oder einem Groschen kamen, als solche mit 25 Pfennig." Er sprach platt mit mir.

Die feindlichen Gewehre wurden entladen. Die Franzosen durften die von uns gemachte Kriegsbeute tragen. Mit einem weißen Taschentuch am Gewehr gingen wir unserer Stellung entgegen, um die Gefahr zu bannen, dass wir von unseren eigenen Kameraden erschossen würden. Unterwegs erzählte mir der Mulatte, dass sein Vater ein französischer Korporal gewesen sei und in Südfrankreich wohne. Seine Mutter sei in Drevenack bei Wesel geboren. Hier sei er mit 14 Jahren bei einer Tante untergebracht worden. Deshalb könne er so gut platt sprechen.

Bei Dickerhoff habe er acht Monate im Jahr in der Zementfabrik gearbeitet. Im Sommer habe er die Kirmesmärkte besucht. 1914 während eines Besuchs bei seinen Eltern sei dieser abscheuliche Krieg ausgebrochen und er als Soldat eingezogen worden. Heil und gesund kamen wir wieder in unsere Stellung. Mit großem Hallotria wurden wir empfangen."

Ich las und erzählte die Geschichte, bis ich sie beinahe selbst glaubte. Sie hörte sich ja auch wirklich gut an. Die Wahrheit aus den Schützengräben, von dem alltäglichen Gemetzel und dem Gestank aus Fäulnis, Tod und Angst erzählte ich nie. Den Enkeln flunkerte ich vor, wie ich nachts allein an einem Feuer in der russischen Taiga gegen Wölfe kämpfte, die meine Pferde angreifen wollten. Die Enkel machten große Augen. Das gefiel mir, und ihnen gefiel es auch. Es passte zu den Romanen von Karl May und Jack London, die sie lasen. Ich war dann einer ihrer Helden.

Manchmal las ich am Sonntag, wenn die ganze Familie zum Kaffee zu uns kam, aus meinen Werken. Die Verwandten verdrehten die Augen, das habe ich gut gesehen, aber sie waren höflich genug, immer bis zum Ende zuzuhören. So viel Respekt durfte ich auch erwarten. Schließlich schlugen sie sich mit Lenes Torten den

Bauch voll und waren meine Gäste. Das mussten sie sich wenigstens ein bisschen verdienen.

Als ich eine richtige Mappe voll mit Geschichten und Gedichten hatte, ging ich zum Lokalredakteur der Zeitung. Ich habe den Redakteur so lange belagert, bis er in der Zeitung einen Artikel über mich schrieb. Die Geschichten und den Zeitungsartikel ließ ich kopieren. Ich hatte bald mehrere Mappen, die ich den wichtigen Gochern zum Studium überließ. Ich bekam viele Dankesschreiben. Sie klangen so, als seien die Menschen froh, etwas endlich wieder losgeworden zu sein. Darüber las ich hinweg und nahm es als Anerkennung für meine neue Rolle und Bedeutung.

Lene fand das alles peinlich, glaube ich. Vielleicht aber war sie nebenbei ganz froh, dass ich etwas zu tun hatte und nicht so viel vom Sterben sprach. Ich fühlte mich wie ein Heimatdichter.

## 37 Die Dämonen kommen wieder

Dann kam die Krankheit. Manchmal kribbelten die Füße, manchmal die Hände, manchmal war alles ganz taub. Sie setzten mir Blutegel auf die Beine. Die Tiere tranken sich satt an mir, dann fielen sie ganz von allein ab. Gelegentlich schauten die Enkel zu, sie gruselten sich sicher, aber so richtig wegschauen wollten sie auch nicht. Sie haben bestimmt davon in der Schule erzählt.

Das Kribbeln blieb. Ich fiel schon mal hin, wenn ich die Füße gerade nicht spürte. Und ich konnte das Sitzen nicht mehr ertragen. Ich aß im Liegen, meistens auf der Chaiselongue im Wohnzimmer, häufig auch im Schlafzimmer, an den Tisch setzte ich mich nicht mehr. Ich führte mein Leben neben der Familie her, und ich hatte das Gefühl, dass es ihr oft ganz recht war, mich nicht immer zu sehen. Ich wirkte wahrscheinlich wie ein großes Möbelstück, an das man sich gewöhnt hat.

Im Stehen und im Gehen war es halbwegs erträglich, deshalb wurde ich rastlos und unternahm lange Spaziergänge durch die Stadt und die Felder, ich brauchte dabei den Stock, aber ich hatte keinen Blick mehr für die Wiesen, für die Pferde, für die Bäume, die Weiden an der Niers. Manchmal wackelte die Welt, und ich musste anhalten und mich stützen.

In meinem Kopf hallte es oft, Gesprächen konnte ich nicht mehr folgen, ich wurde noch mürrischer. Häufig blieb ich den ganzen Tag im Bett und konnte mich selbst nicht ausstehen. Meine Dämonen waren wieder da, sie besuchten mich nun auch am hellen Tag. Sie hatten gewartet, bis ich mich nicht mehr wehren konnte.

Vom kleinen Leben unserer Familie bekam ich nichts mehr mit. Es lief vor meinen Augen ab, aber ich war nur dabei, irgendwie immer nebenan. Irgendwann fielen mir keine Geschichten mehr ein. In meinem Kopf zischte und brummte es, ich sah, wie die anderen sich unterhielten, aber ich verstand nichts davon. Lene sah mich kaum noch an.

Am schlimmsten waren die Sonntage. Die Familie saß am Kaffeetisch, ich lag meistens im Bett. Manchmal kam Röbke ins Schlafzimmer und setzte sich ganz leise zu mir. Vielleicht tat er es oft, das weiß ich nicht mehr. Wenn er meine Hand drückte, hörte das Zischen und Brummen im Kopf manchmal auf. Meistens habe ich mich schlafend gestellt. Das Knistern der Tüte mit den Eukalyptushütchen hab ich natürlich gehört. Mit dem Geräusch wäre ich gerne für immer eingeschlafen.

Die bösen Geister ließen es nicht zu.

Nachts kämpfte ich mit ihnen, ich warf mit Stühlen, ich warf mit einem Tisch. Lene ist dann die Treppe runter und ins Wohnzimmer geflohen. Das hat sie mir erzählt. Ich habe es nicht mitbekommen. Mein Sohn sagt, ich sei schon auf Lene und Else losgegangen. Das glaube ich nicht.  Vielleicht bin ich wirklich verrückt.

Vielleicht habe ich einfach nur zu lange gelebt. Meine Beine und meine Hände waren nicht für 85 Jahre gemacht, mein Kopf wahrscheinlich auch nicht. Warum richtet es die Natur so ein, dass wir älter werden als wir können? Oder hat es der Herr so eingerichtet, damit er uns Demut lehrt? Büßen wir schon auf Erden für unsere Sünden, wenn es Nacht wird? Wird es besser sein, wenn ich die Erde verlassen habe?

Ich habe viele Fragen, aber niemand beantwortet sie. Am Ende, heißt es immer, sei man allein. Ich habe mich oft allein gefühlt, so richtig allein aber war ich wohl nicht. Ich wurde in eine Familie geboren, und ich gehe aus einer Familie fort. Und ich habe mein Stück getragen. Wenn ich eins weiß, dann das: Es gibt eine Schuld, für die wir alle zahlen.

Meine Strafe sind die Dämonen. Ich werde sie nie besiegen. Aber ich kann aufhören, sie zu bekämpfen, sie gewinnen ja doch. Das weiß ich nun nach so vielen Kämpfen, so vielen Nächten.

Ich bin todmüde, ja tatsächlich, todmüde.

Es ist sehr hell im Zimmer. Fritz Sternefeld liegt im Bett nebenan. Ich höre das Geräusch von Holzpantinen und schlurfenden Schritten auf dem Fliesenboden. Fritz Sternefeld trägt einen normalen Schlafanzug, sein KZ-Anzug hängt am Haken an der Wand. Er sieht friedlich aus. Das Sausen in meinem Kopf hört auf, es ist ganz still.

Du warst doch nur ein Schmied, sagt Fritz Sternefeld.

Dann wird es noch heller.

Zeitfracht Medien GmbH
Ferdinand-Jühlke-Straße 7
99095 Erfurt, Deutschland
produktsicherheit@kolibri360.de